U0471053

等那一束光

肖复兴 著

山东城市出版传媒集团·济南出版社

图书在版编目（CIP）数据

等那一束光/肖复兴著.—济南：济南出版社，2022.1

（肖复兴写给青少年的成长书）

ISBN 978-7-5488-4881-3

Ⅰ.①等… Ⅱ.①肖… Ⅲ.①散文集—中国—当代 Ⅳ.①I267

中国版本图书馆CIP数据核字(2021)第261630号

DENG NA YISHU GUANG

等那一束光　　肖复兴　著

出 版 人　崔　刚
图书策划　史　晓
责任编辑　史　晓　张冰心
特约编辑　陈　新　刁彦如
封面设计　薛　芳
出版发行　济南出版社
地　　址　济南市二环南路1号（250002）
印　　刷　济南新科印务有限公司
版　　次　2022年1月第1版
印　　次　2022年1月第1次印刷
成品尺寸　165mm×230mm　16开
印　　张　9.75
字　　数　106千
印　　数　1-10000册
定　　价　49.50元

自　序

如今，我国的儿童文学很是繁荣，出版的各类图书琳琅满目，其中多的是绘本、童话和小说。儿童文学中的散文，远不如上述三类书繁多和活跃。而散文中，校园散文更是不多。

其实，以我自己的成长体会和经验看，散文恰恰更适合最初接触文学的孩子们阅读，尤其是对于告别了童话年代的孩子而言，散文是首要的选择，小说应该在其后，这样才符合孩子成长的特点和阅读阶梯的规律。在散文中，校园散文因和孩子的生活最贴近，便更适合孩子阅读。

也许，是我的见识浅薄、经验有限，我读中学的时候，在描写校园生活的散文中，我喜欢两位作家：韩少华和李冠军。我曾经整篇抄下了韩少华的《第一课》《寻春篇》《九月一日》，这几篇文章写的都是校园生活。他以优美的文笔、美好的心地书写校园生活，让我感动并联想起自己所熟悉的校园以及校园里的老师和同学。在抄写这些散文的时候，每篇散文的题目，我都特意用红笔写成美术字，留下了少年时幼稚却真挚的心迹，至今犹存。

我也买过李冠军的散文集《迟归》，这本很薄的小书让我爱不释手，一连读了好几遍。书中的散文全部写的是校园生活，里面所写的学生和我的年龄差不多大，所写的老师和我熟悉的人影叠印重合，让我感到那样亲切。我也曾经抄录过书中的《迟归》《夜曲》《共同的心愿》《球场外的掌声》等多篇文章，几乎伴随我整个中学时代。

可以说，是韩少华的那些散文和李冠军的这本散文集，让我热爱校园，热爱学习，迷上读书，进而学习写作。可以说，是他们的散文帮助了我的成长，滋润了我的情感，让我对校园的生活充满热爱，也对校园外的世界充满向往。

也可以说，中华人民共和国成立以来，李冠军和韩少华是校园散文的开创者，迄今为止，还没有人如同他们二位一样以散文的形式认真而专注地书写现在进行时态的中学校园生活。

是的，文学的品种有很多，除散文，还有诗歌、童话、小说、戏剧、评论等。但是，我还是想再一次强调，在一个孩子最初的阅读阶段，还是应该有侧重、有选择的。走出童年的童话和绘本阅读，散文是适合少年时代阅读的文体之一。散文，尤其是和校园生活相关联的散文，因其内容令孩子们感到熟悉、亲切，更便于孩子接受；因其篇章短小而精悍，更便于孩子吸收。无论是对于培养孩子的阅读和写作能力，还是培养孩子的审美和认知能力，或是提高孩子的智商和情商，尤其是情商，这样的散文都具有其他文体起不到的独特作用。散文是孩子成长路上的一个亲切的伙伴，就像能够照见自己影子和心情的一面镜子，是能够量出自己长没长高的一种很有意思的参照物。

想起我的少年时代，如果没有最初与韩少华和李冠军的邂逅，当然我也一样可以长大，但我的少年时代该会是缺少了多么难忘的一段经历和多么难得的一种营养啊！我和他们在散文中激荡起的浪花，是那样湿润而明亮。那段经历，洋溢着只有孩子那种年龄才有的鲜活生动的气息。在那样文字的吹拂下，会让自己的情感变得细微而柔韧，善感而美好，如花一样摇曳生姿，如水一样清澈见底，如校园一样充满对未来的期待。

我写散文多年，写过《永远的校园》《校园记忆》等多篇校园散文，一直想编一本自己的校园散文集，一是想向韩少华和李冠军致敬和表达怀念之情；二是希望以过来人的身份送给孩子们一份校园的礼物。如今，我们的孩子得到的礼物有很多，但这样一份属于校园散文的礼物，应该说还是比较少的。多的就不去凑热闹了，但少的，还希望自己能精心编选，以此表达对孩子的一份心意。

非常感谢济南出版社成全了我多年来的这一心愿。责任编辑史晓建议编成两册，她的建议很好，一分为二，薄厚适当，更方便孩子阅读。现在，在和责任编辑的共同切磋和努力下，编成了这样两本小书：《等那一束光》《遥远的土豆花》，送给在学校学习的孩子们，希望你们喜欢，也希望你们批评，更希望在你们成长的路上，这两本小书能为你们吹拂两股虽不大却清新的风，助力你们快乐健康地前行。

2021年9月15日写于北京

目　录 / MULU

第三辑　被雨打湿的杜甫

第四辑　三友图

第一辑

一天明月照犹今

白发苍苍

在我小学四年级时，多了一门作文课，教我们这门课的是新班主任老师。我记得很清楚，他叫张文彬，大概40多岁的样子，不过，也可能50岁了，小孩子看大人的年龄，看不准的。张老师有着浓重的外地口音，我听不出来他究竟是哪里的人。他很严厉，又正是年富力强的时候，站在讲台桌前，挺直的腰板，梳一头黑黑的头发——他那头发虽然乌亮，却是蓬松着，一根根直戳戳地立着，总使我想起他给我们讲课时讲解的“怒发冲冠”这个成语——我们学生都有些怕他。

第一次上作文课，他没有让我们马上写作文，而是带我们看了一场电影，是到长安街上的儿童电影院看的（如今这家电影院早已经化为灰烬，在包括它在内的这一片地方建起了一个非常大的商厦）。我到现在还记得，看的是《上甘岭》。

那时，儿童电影院刚建成不久，内外一新。我的票子是在楼上，影院内的一层层座位由低而高，像布在梯田上的小苗苗。电影一开始，身后放映室的小方洞里射出一道白光，从我的肩头擦过，像一道无声的瀑布。我真想伸出手抓一把，也想调皮地站起来，在银幕上露出个怪样的影子来。

尤其让我感到新鲜的是，每一排座椅下面都安着一盏小灯，散发着柔和而有些幽暗的光，可以使迟到的小观众不必担心找不到座位。那一排排小灯，让我格外感兴趣，觉得特别新鲜，以至看那场电影时我总是走神，忍不住低头看那一排排灯光，好像那里闪闪烁烁地藏着什么秘密或什么好玩的东西。

第一次写作文，张老师让我们写的就是这次看电影。他说：“你们怎么看的，怎么想的，就怎么写。你们觉得什么有意思，什么最感兴趣，就写什么。”我把我所感受到的这一切都写了，当然，我没有忘了写那一排排我认为有意思的最新鲜的灯光。

没想到，第二周作文课讲评时，张老师向全班同学朗读了我的这篇作文。虽然几十年过去了，但我还记得特别清楚，他特别表扬了我写的那一排排灯光，说我观察得仔细，写得有趣。他那浓重的外地口音，我听起来觉得是那样亲切。那篇作文所写的一切，我自己听起来也那么亲切，好像不是我自己写的，而是别人写的似的。童年的一颗幼稚、好奇的心，让我第一次对作文产生了浓厚的兴趣。啊，原来自己写的文章还有着这样的魅力！

张老师对这篇作文提出了表扬，也提出了意见，只是具体是什么意见，我统统忘记了，虚荣心让我只记住了表扬。但是，我记得从这之后，我迷上了作文，作文课成了我最喜欢、最盼望上的一门课。而在作文讲评时，张老师常常要念我的作文。他常在课下对我说：“多读一些课外书。”我觉得他那一头硬发也不那么“怒发冲冠”了，变得柔和了许多。

有时，一个孩子的爱好就是这样简单地在瞬间形成了。一个人在小时候遇见一个好老师就是这样重要。老师的一句简单的表扬对于一个孩子就是这样重要。

新年，我们全校师生在学校的小礼堂里联欢。小礼堂是原来的破庙大殿改建的，倒是挺宽敞，新装的彩灯闪烁，气氛挺热闹的。每个班都要出节目。那天，我和同学一起演出的是话剧《枪》的片段，这是一出儿童团智斗日本鬼子的故事。演得正带劲的时候，小礼堂的大门突然推开了，随着呼呼的冷风，走进来一个白胡子、白眉毛、白头发的老爷爷，穿着一件翻毛白羊皮袄，身上还背着一个白布袋……总之，给我的印象是一身白。走进门，他捋了捋白胡子，故意装出一副粗嗓门儿说道："孩子们，我是新年老人，我给你们送新年礼物来了！"同学们都欢呼起来了。他走到我们中间，把那个白布袋打开，倒出来一个个小纸包，递给每个同学一份。那里面装的是铅笔、橡皮、三角板或是糖果。当我们拿着这些礼物止不住地笑成一团的时候，新年老人一把摘掉他的白胡子、白眉毛和白头发，尤其是那一头白发，虽然是染的，但根根直戳戳地竖立着，我立刻又想起"怒发冲冠"那个成语。哦，原来是我们的张老师！

第二年，他就不教我们了。他给我留下了这个白胡子、白眉毛和白头发的新年老人的印象，他给了我一个现实生活中难得的童话！这种童话只有在我小学四年级那种年龄才能获得，他恰当其时地给予了我。

音乐老师

汪老师，我已经忘记她叫汪什么了，她教我小学的音乐课。在我的眼里，她是个老太太了。不过，孩子的眼睛常常看不准，因为那时自己太小，便容易把比自己大许多的大人都看成是老人。

现在回想起来，汪老师大概最多也就40多岁。

她很胖，个子不高，但面容白皙，长得很好看，是那种家境很好又很会保养的人，这在全校的老师中很是显眼。其实，这都是我自以为是的猜测，小孩子看人常常走眼。

她教我们唱歌教得很好，既认真又有方法，她最主要的方法就是从不批评我们，而是常常表扬我们，总是说我们唱得真好听，学得真快……我们都很爱上她的音乐课。

她听我们唱歌时爱侧着脑袋，一手轻轻地打着拍子，非常专注的样子，好像特别喜欢听我们唱，我们就唱得更加卖力气。她教我们唱歌时略微带有南方的口音，挺甜的，有点像我们小孩子一样。尤其是她一边弹着风琴一边仰着脸唱歌的样子，特别天真，像小孩子。

我对她的印象极好，还有一个原因，就是我特别喜欢她教我们班唱《听妈妈讲那过去的故事》这首歌。如果每个孩子都有属于自己童年的歌曲的话，《听妈妈讲那过去的故事》就是我童年时期最喜欢的歌，它的旋律始终飞翔在我最美好、最难忘的童年时期。

说来也许好笑，我特别喜欢这首歌的原因，除了它的旋律优美之外，另一个原因是在全校歌咏比赛时高年级领唱这首歌的，是那个叫秦弦的大队长，与其说我喜欢这首歌，不如说我更喜欢领唱这首歌的秦弦大姐姐。我希望自己也能像秦弦一样领唱这首《听妈妈讲那过去的故事》，最好也在学校操场那高高的领操台上。我觉得自己唱得还不错，在底下悄悄练过好多次了呢。

汪老师好像钻进我的心里去了一样，猜到了我的心事。那天，在快要下课的时候，她宣布我们班谁来领唱这首歌，竟然念到的是我的名字！

放学后，我被留下来，跟着她的琴声练了一遍又一遍《听妈妈讲那过去的故事》，那真是件挺幸福的事。她主要教我唱歌时要带着感情和表情，而且说是先要有感情才能有表情，感情从哪儿来，你就要边唱边真的觉得好像是在夏天的夜晚，坐在谷垛旁边听妈妈讲那个动人的故事……

她说话声特别好听，南方绵软的口音，像汤圆一样糯糯的，让我觉得就像唱歌似的，让我不知不觉地学会好多东西。所有这一切都是我第一次听到，我感到特别新鲜。我想如果说这也能算是艺术的话，我最早接触的艺术大概就要算这首《听妈妈讲那过去的故事》，而最早引我进入艺术殿堂的领路人就是汪老师。

一个小孩子对一个老师的好感或恶感就是这样简单地完成了。不管怎么说，汪老师是一个挺受我们学生欢迎的老师。我对她充满感激之情。

汪老师在教我两年后的夏天——大概是夏天，因为在这之前，我记得她还穿着裙子。有一天上音乐课，上课铃打了老半天了，也没见汪老师的人影。起初，我们以为她病了，但过了一会儿，我们的班主任徐老师来了，看他那表情好像他感到挺突然的，汪老师好像不是病了，而是发生了别的什么事情。我们不知道汪老师为什么没有来上课，而且以后好多堂音乐课，她都没有来上，直至有一天换了一个新的音乐老师。

后来，消息在学校传开了，汪老师是因倒卖粮票被公安局抓住，送进了拘留所。

如今的年月，人们已经对粮票很陌生了，难以明白在我国的历史中，曾经有过那样很长一段日子，买粮食需要用粮票，而在饥饿年代，粮票对于一个人是多么重要。那时，虽然我仅仅还是个小学生，但我懂。只是过了许久许久，我都弄不明白为什么汪老师要去倒卖粮票，一个那么有修养、那么好看又那么会唱歌的老师，干吗要去倒卖粮票。

以后，稍稍长大一些，我常想起汪老师，便总是在想：一个饿着肚子的人，有时为了生存会铤而走险的；一个过惯了优越生活的人，有时也会为了虚荣一失足而成千古恨的。汪老师是这两方面的综合？我不大清楚，只是猜测。不管怎样，我都为汪老师感到有些惋惜，怎么都觉得干这样事的人不该是汪老师，而应该是别的什么人。有时我甚至想，也许他们抓错了人。过不了多久，他们就会把汪老师放回来的，汪老师还能教我们上音乐课。

可是，我小学毕业，升入中学，乃至中学毕业，汪老师都没有再返校教书。

我忘记是什么时候了，我听别的同学告诉我，汪老师当时是为了她的几个孩子。那时国家的困难时期刚刚露出端倪，她的孩子有好几个，而且都是正长身体、饭量大的男孩子。丈夫过早地病故，她独自挑起这沉重的家庭大梁，没有办法，想用钱换点儿粮票，偏偏遇到了公安局的人，不由分说地被抓了起来，便一下子断送了她音乐老师的生涯。

她是一个多么好的音乐老师！起码对我来说，是这样一个让人难忘又让人感到可惜的音乐老师。我常常会想起她，特别是听到《听妈妈讲那过去的故事》的时候，总会情不自禁地想起她。

牛老师

牛老师人长得高高胖胖，走路总是挺着大肚子，像鹅似的迈着四方步，从来不紧不慢，无论见到谁，都是先露出一脸的笑容打招呼。现在回忆起来，觉得他特别像日后看过的电影《小兵张嘎》里的胖翻译。相反，他的妻子长得小巧玲珑，和他并排站在一起，一高一矮，一胖一瘦，特别像是一对说相声的。

牛老师40多了才得子，先后有两个孩子，是“一儿一女一枝花”。弟弟胖，像他；个头儿矮，像他妻子。姐姐瘦削，像他妻子；个头儿高，又像他。“这一家子人长得！”街坊们这样说，话里面不带有任何的贬义，只是觉得有点儿乐。

牛老师和我是街坊，在紧挨着我们大院的另一个院子里住，他儿子小水和我一般大，我常去他家找小水玩。

没有想到的是，我上小学一年级时，开学没几天，上第一节图画课，预备铃声响过，站在教室门口的竟然是牛老师。我当然知道他是美术老师，我们学校有好几个美术老师，没有想到的是，他教我们美术课。

不仅是我一个学生，班上所有的同学都认为牛老师是个好老师。小时候，对老师好坏的认知标准是有明显偏差的。牛老师之所以被我们很多同学认为好，是因为他是个大好人，别看他胖，说话却柔声细气，脾气特别好，从来没见过他的脸上飘过一丝阴云。我们常在图画课上捣乱甚至恶作剧，比如他教我们画水墨画的时候，趁他背过身往黑板上写字时，我们偷偷地把他放在讲台桌上的墨汁瓶打翻。他从来不生气，也从来没有向我们班主任老师告状。全班同学，只要你图画课的作业交了，即使画得一团糟，他也不会给你个不及格。

牛老师住大院里院的两间西屋。他和老伴住里间，他的两个孩子住外间。我和他家的小水之所以混得厮熟，最早是因为小水说他家有成套的小人书《水浒》和《西游记》。那一阵子，我天天从电台广播里听孙敬修老爷爷讲孙悟空的故事，特别想看《西游记》的小人书，一听小水说他家有，迫不及待地就跟着小水进到他家。

他家外屋比里屋大好多，小水和他姐一人一个单人床靠屋的两侧，紧贴在墙边，屋子中间摆放着一张八仙桌，桌子后面的墙上挂着一幅大写意的墨荷图挂轴。不用问，肯定是他爸爸画的。牛老师教我们图画课时，曾经教过我们画这种墨荷，说是不着颜色，只用墨色，就能将荷花的千姿百态画出来，是只有中国水墨画才有的本事。然后，他又兴致勃勃地讲起墨分五色。说实在的，那时候我是听不懂他说的什么墨分五色，也不大喜欢画这种画，弄得一手都是黑乎乎的墨汁，也画不出牛老师说的那种荷花的千姿百态。尽管这样，牛老师还是不止一次地表扬过我，说我有慧根，指着我图画课的作业，说我画得不错，还把我的作业放在学校的橱窗里展览过。现在想来，后来我喜欢上了绘画，还真的要感谢牛老师呢。

记得有一天，我和小水挤在他家床头看《西游记》里的《盘丝洞》，牛老师回家来了，看我们两人正在专心看书，冲我们点头笑笑，脱下外衣，一屁股坐在他家的八仙桌旁一杯接一杯地喝茶，没再搭理我们。

听我们大院的街坊们讲，牛老师的这两个孩子，他最喜欢姐姐，因为姐姐爱读书，学习成绩好。他嫌小水太贪玩，一进门看见小水和我在一起看小人书，而不是看课本，心里肯定不高兴，不过是看我在身边，不好斥责小水罢了，倒是当着我的面，对小水夸我的画画得好，然后又说让小水也跟着他好好学学画画。说着，说着，他忽然忧心忡忡地说，将来长大了，也能有一技之长，在社会上好混饭吃。这话，小水不爱听，抱着小人书，一把拉着我，跑出了屋。

这话，我听着也觉得怪，和牛老师在课堂上对我们讲的话不大一样。在课堂上，他总是笑容满面，从来没见过他这样一脸愁云惨淡的，好像他一眼就看见了将来，好像他面对的我们不是孩子，而是一下子长大的成人。

我和小水上了中学以后，小人书成了历史，我们不再看了，都爱读文学方面的书。小学毕业考试，小水考的成绩不好，上了一所普通中学，我考上了市重点汇文中学。尽管我们上的不是同一所中学，不能天天见面，但是星期天，在图书馆里，我们两人常能碰见面，好像约好了似的，这让我们两人都非常高兴。那时候，在天安门东边的劳动人民文化宫里有一座图书馆，是过去的什么大殿改建的，那里开设一间很开阔的阅览室，古色古香，异常清静，窗外古木参天，浓荫蔽日，这里成为我们两人在星期天读书的天堂。

尽管牛老师一再要小水跟他学画，小水依然不喜欢，倒是他姐姐喜欢，秉承了牛老师的画画爱好，遗传了牛老师的基因，考上了工艺美术学校。由于牛老师要孩子晚，我和小水读中学不久，牛老师就退休了。尽管他对小水的学习成绩一直叹气，但对小水姐姐考上工艺美术学校还是挺满意，这成为他唯一的安慰。

我已经很少去他家了，倒不是因为上中学以后功课多作业也多，而是我每一次去他家，他总要当着我的面数落小水，说他不争气，让小水向我学习。这让小水和我都很尴尬。那时候，我们的年龄毕竟还小，不爱听大人的唠叨，也不大理解大人的心思。牛老师是一个老师，也是一个父亲，做老师，他可以对所有的学生脾气都好，容忍我们的一切顽皮乃至不好好画画、不好好学习；但是做父亲，他和所有的父亲一样，是望子成龙的呀。

流年似水，我和小水分别有40多年，再未见过面。前些年，为写《蓝调城南》一书，我重返我们大院好多次。老院旧景，前尘往事不请自来，纷沓眼前。我想起了牛老师和他的两个孩子，便到隔壁的大院，走到后院牛老师家的那两间西屋前，房门紧锁着。我问街坊，牛老师还住在这里吗？街坊告诉我，牛老师老两口都过世了。这房子，他儿子小水从山西插队回来后一家人住。前几年，不是说这里要拆迁吗，小水一家第一拨就拆迁搬走了。我问，知道搬到什么地方了吗？街坊摇摇头，只是说好像是大兴什么地方，具体的说不清了。

我站在牛老师的家前，站了老半天，童年的时光铺满眼前。对小水的姐姐，我印象不深，但是对小水的印象很深，不过那也只是童年和少年时的印象，以后小水怎么样了，我一无所知，我的印象里还只是牛老师对他隐隐的担忧。

我想起了小水，更想起了牛老师。这时候，我觉得他不仅是一个好老师，更是一个好父亲，因为这时候的我早已经也是一个父亲。

远航归来

不知为什么，最近一些日子，我总想起王老师。王老师是我的小学老师，虽然已经过去了整整 60 年，但我还清楚地记得他的名字叫王继皋。

王老师是我们班语文课的代课老师。那时候，我们的语文任课老师病了，学校找他来代课。他第一次出现在教室门口，全班同学好奇的目光聚光灯一样集中在他的身上。他梳着一个油光锃亮并高耸起来的分头，身穿笔挺的西装裤子，白衬衣塞在裤子里面，很精神的打扮，关键是脚底下穿着一双皮鞋格外打眼，古铜色、鳄鱼皮、镂空，露着好多编织成花纹的眼儿。

从此，王老师在我们学校以时髦而著称，常引来一些老师的侧目，尤其是那些老派的老师不大满意，私下里议论："校长怎么把这样一个老师给弄进学校来，这不是误人子弟嘛！"

显然，校长很喜欢王老师，因为他有才华。王老师确实有才华。王老师教语文课，和我们原来的语文老师教课最大的不同是，每一节课他都要留下 10 多分钟的时间，为我们朗读一段课外书。这些书都是他事先准备好带来的，他从书中摘出一段，读给我们听。书中的内容我都记不清楚了，但他每一次读，都让我入迷。这些和语文课本不一样的内容，带给我很多新鲜的感觉，让我想入非非，充满好奇和向往。

不知别的同学感觉如何，我听他朗读，总觉得他的声音像是从电台里传出来的，经过了电波的作用，有种奇异的效果。那时候，电台里常有小说连播和广播剧，我觉得他的声音有些像电台广播里常出现的董行佶。爱屋及乌吧，好长一阵子，我喜欢听人艺演员董行佶的朗诵。私底下，我模仿着王老师的声音，也学着朗诵。有一次，我参加学校组织的朗诵比赛，选了一首袁鹰写的《密西西比河，有一个黑人的孩子被杀死了》，班主任老师找王老师指导我。他很高兴，记得那天放学后在教室里，他一遍一遍地辅导我。那天我离开校园时，天都黑了，满天星星在头顶怒放，那种感觉是那样美好。我喜欢文学，很大一方面应该来自王老师教给我的这些朗诵。

王老师朗读的声音非常好听，他的嗓音略带沙哑，用现在的话说，是带有磁性。而且，他朗读的时候非常投入，不管底下的学生有什么反应，他都沉浸其中，声情并茂，忘乎所以。有时候，同学们听得入迷，教室里安静得很，他的声音在教室里像水波一样有韵律地荡漾。有时候，同学们听不大懂，有调皮的同学开始不安分，故意出怪声，或成心把铅笔盒弄掉到地上。他依旧朗读他的，沉浸在书中的世界，也是他自己的世界里。

王老师写的板书很好看，起码对于我来说，是见到的字写得最好看的一位老师。他头一天给我们上课，先介绍自己名字的时候，转身用粉笔在黑板上写下了“王继皋”三个大字，我就觉得特别好看。我不懂书法，只觉得他的字写得既不是那种龙飞凤舞的样子，也不是教我大字课的老师那种毛笔楷书一本正经的样子，而是秀气中带点儿潇洒劲头儿。我从没有描过红模子，也从来没有模仿过谁的字，但是，不知不觉地模仿起王老师的字来了。起初，上课记笔记，我看着他在黑板上写的字的样子，照葫芦画瓢地写。后来，我渐渐地形成了习惯，写作文、记日记都不自觉地模仿王老师写的字，这个习惯一直延续到我读中学。即使到现在，我的字里面依然存在着王老师字的抹不去的影子。这真是件非常奇怪的事情，一个人对你的影响竟然可以通过字绵延那么长的时间。

王老师不仅字写得好看，人长得也好看。我一直觉得他有些像当时的电影明星冯喆。那时候，我刚看完冯喆演的电影《南征北战》，觉得王老师跟他特别像，还跟同学说过，他们都不住地点头，也说是像，真像。后来，我又看了《羊城暗哨》和《桃花扇》，更觉得他和冯喆实在是太像了。这一发现让我心里暗暗有些激动，特别想对王老师讲，但没有敢讲。当时，我年龄太小，觉得王老师很大，师道尊严拉开了我跟他之间的距离。其实，现在想想，王老师当时的年龄并不大，最多不超过30岁。

王老师给我留下的最深的印象，是好几次讲完课文后留下来的那10多分钟。他没有给我们读课外书，而是教我们唱歌。他自己先把歌给我们唱了一遍，唱得真是十分好听，比教我们音乐课的老师唱得好听多了。他沙哑的嗓音显得格外浑厚，唱得充满深情。全班同学听他唱歌，比听他朗诵还要专注，就是那几个平时调皮捣蛋的同学也抱着脑袋听得入迷。

不知道别的同学是否还记得，我到现在还记忆犹新。王老师教我们唱的歌，歌名叫作《远航归来》。我到现在还清楚地记得那里面的每一句歌词：

祖国的河山遥遥在望，
祖国的炊烟招手唤儿郎。
秀丽的海岸绵延万里，
银色的浪花也叫人感到亲切甜香。
祖国，我们远航归来了，
祖国，我们的亲娘！
当我们回到你的怀抱，
火热的心又飞向海洋……

这首歌不是儿童歌曲，但抒情的味道很浓，让我们很喜欢唱，好像唱大人唱的歌，我们也长大了好多。全班一起合唱的响亮的声音传出教室，引来好多老师，都奇怪怎么语文课唱起歌来了？

一连好几次的语文课上，王老师都带我们唱这首歌，每一次唱得我都很激动，仿佛真的像一名水兵远航归来，尽管那时我连海都没有见过，也觉得银色的浪花和秀丽的海岸就在身边。我也发现，每一次唱这首歌的时候，王老师比我还要激动，眼睛亮亮的，好像在看好远好远的地方。

没有想到，王老师教完我们这首歌不几天就离开了学校。那时候，我还天真地想，王老师教课这么受我们学生的欢迎，校长又那么喜欢他，兴许时间一长，他就可以留在学校里，当一名正式的老师。

我们的语文任课老师病好了，重新回来教我们。我当时心想，他的病怎么这么快就好了呢？王老师在课上没有说一句告别的话，甚至连他就要不教我们的意思都没有流露，就和我们任课老师完成了交接班的程序。甚至根本不需要什么程序，像一阵风吹来了，又吹过去了，了无痕迹。那一天上语文课时，忽然看见站在教室门前的是我们的任课老师，不再是王老师，心里忽然闪了一下，有点儿怅然若失。

当然，那时我们所有的同学都还是孩子，王老师没有必要将他的人生感喟对我们讲。我总会想，王老师那么富有才华，为什么只是一名代课老师呢？短暂的代课时间之后，他又会去做什么呢？当时，我还太小，无法想象，也没有什么为王老师担忧的，只是觉得有些遗憾。但是，时过境迁之后，我越来越知道了一些世事沧桑和人生况味，对王老师的想象在膨胀，便对王老师越发地怀念。

整整60年过去了，这首《远航归来》还常常会在耳边回荡。这首歌几乎成了我的少年之歌，成了王老师留给我难忘而又带有特殊旋律的定格。

长大以后，读苏轼那首有名的诗“人生到处知何似，应似飞鸿踏雪泥。泥上偶然留指爪，鸿飞那复计东西”，会想起王老师。他教我不到一学期，时间很短，印象却深。鸿飞不知东西，但雪泥留下的指爪印痕却是一辈子抹不掉的，这便是一名好老师留给孩子的记忆，更是一名好老师对孩子的影响和作用。

我以为我不会再见到王老师了。没有想到，初三毕业的那年暑假，我在新认识不久的一个高三师哥的家，竟然意外见到了王老师。

他家离我家不远，是一个三进三出的大四合院。那时，学校有一块墙报叫《百花》，每月两期，上面贴有老师和学生写的文章，我的这位师哥的文章格外吸引我，他成为我崇拜的偶像。我到他家，是他答应借书给我看。记得那天他借给我的是李青崖译的上下两册《莫泊桑短篇小说选》。他向我说起了王老师的事情，因为出身问题，王老师没有考上大学，以为是考试成绩不够，他不服气，又一连考了两年，都以失败告终。不仅没有考上大学，又因为出身不好、好打扮，便也没人给他分配工作，他只能靠临时打工谋生，最后，家里几番求人颠簸，好不容易分到南口农场当了一名农场工人。然后，他又对我说，他喜欢文学，也是受到了王老师的影响。

我见到王老师的时候，他正坐在一个小马扎上，在他家门前的一片猩红色的西番莲花丛旁乘凉。我一眼认出他来，走上前去，叫了一声："王老师！"他眨着迷惑不解的眼睛，显然没有认出我来。我进一步解释："您忘了？第三中心小学，您代课，教我们语文？"他想起来了，从小马扎上站起来，和我握手。我才发现，他是拄着一个拐杖站起身来的。我师哥对我说，王老师是在农场山上挖坑种苹果树的时候，被滚下来的石头砸断了腿。他摆摆手，对我说："没事，快好了。"

那一刻，小学往事一下子兜上心头，我好像有一肚子话要说，却什么也说不出来。他看见我手里拿着的书，问我："看莫泊桑呢？"我所答非所问地说："我还记得您教我们唱的《远航归来》呢。"他忽然仰头笑了起来。我们就这样告别了。那以后，我好久都不明白，我说起《远航归来》时，他为什么要那样笑。我只记得，他笑罢之后，随手摘下了一片身边西番莲的花瓣，在手心里揉碎，然后丢在地上。

一天明月照犹今

田增科老师今年 87 岁，教我的时候，我 15 岁，他刚刚大学毕业不久，仅仅比我大 10 多岁。 如果不是他帮助我修改了我的一篇作文《一幅画像》，并亲自推荐我参加了北京市少年作文比赛，我便不会获奖，更不会有幸由此结识叶圣陶前辈。

那篇作文是我第一篇变成铅字的文章。 如果没有这样的一篇文章，我会那样迷恋上文学吗？ 我日后的道路会不会发生变化？ 我有时这样想，便十分感谢田老师。 我永远难忘他将我的那篇作文塞进信封，投递进学校门前的绿色信筒里的情景；我也永远难忘当我的这篇文章被印进书中，他将那喷发着油墨清香的书递到我手中时比我还要激动的情景。那是春天一个细雨飘洒的黄昏。

我读高中以后，田老师不再教我。 有一天放学之后，他邀请我到他家。 那时，他刚刚结婚不久，学校分配他一间新房，离学校不远。 到了他家，他从书柜的柜门里翻出了一个大本子，递给了我，让我看。 本子很旧，纸页发黄，我打开一看，里面贴的全是从报刊上剪下来的文章。 再仔细看，每篇文章的署名都是田老师。 原来田老师曾经在报刊上发表过那么多的文章。

田老师指着本子上的一篇文章，对我说：“这是我发表的第一篇文章，和你一样，也是读中学的时候写的。”

我坐在他家，仔细看了他的这篇文章，写的是晚上放学回家，他在公交车上遇见的一件小事。文章写得委婉感人，在朴素的叙述中，颠簸的车厢、迷离的灯光、窗外流萤般闪过的街景……都荡漾着一丝丝诗意。我心里暗暗地和我写的那篇《一幅画像》做了个比较，觉得比我写得要好，更像是一篇小说。有这样好的基础和开端，怎么后来再没有见到田老师发表的作品呢？

田老师好像明白了我的心思，对我说：“可惜，后来上了大学，读的理论方面的书多，我没有把这样的文学创作坚持下来。”然后，他望望我，又说：“希望你能坚持下来！”

我明白了田老师叫我到他家来的目的了。我知道了他的心意、他对我的期望。

那天，田老师对我讲了很多话，不像是对他的一个学生，更像是对他的一个知心的朋友。我印象最深的是，他特别对我讲起了他中学时期的往事，讲起了他读高中时教他语文课的蒋老师。蒋老师曾经是清华大学英语系的学生，没想到语文课也讲得特别好，经常给他们讲一些课外的文章，还借给他一些课外书。高中毕业时，田老师在河南洛阳，洛阳没有高考的考场，考场设在开封。当时全班有52个学生，是蒋老师带着这52个学生，坐火车跑了400多里路，赶到开封参加高考。为了防止学生意外生病，他还特意背着个药箱，细心周到地带着止泻药、防暑药。田老师说他很感谢蒋老师，没有蒋老师，他不会从洛阳考到北京上大学。

我心里感到田老师就是像蒋老师一样的好老师，好老师就是这样代代传承的。人的一辈子，在小学和中学阶段，能够遇到一个或几个好老师，真的是他或她的幸运、他或她的福分，因为可以影响他或她的一生。

我和田老师的师生之间的友情，从 1962 年一直延续至今，已经有了 59 年之久。即便以后，我长大了，到北大荒插队，在那些个路远天长、心折魂断的日子里，田老师常有信来，一直劝我无论在怎样艰苦的条件下千万不要放下笔、放下书。在那文化凋零的季节，他千方百计从内部为我买了一套《水浒传》和一套《三国演义》，在我从北大荒回家探亲、假期结束要回北大荒的前夕，他骑着自行车，赶到我的家里把书送来。那时，我住在前门外一条老街上一座老院破旧的小屋里。那一晚，偏巧我去和同学话别没有在家，徒留下桌上一杯已经放凉的茶和漫天的繁星闪烁。

我写下这样一首小诗，怀念寒冬的那个夜晚：

清茶半盏饮光阴，往事偏从旧梦寻。

楼后百花春日影，雨前寸草故人心。

老街几度野云合，小院也曾荒雪深。

记得那年送书夜，一天明月照犹今。

先生教我抛物线

从母校寄来的新的一期《汇文校友》刊物上，得知韩永祥老师刚刚过完他的百岁生日。看刊物上登载的为他祝寿的照片，100岁的老人依然那样精神矍铄、鹤发童颜，和身着的红色唐装相映生辉。哪里看得出竟然有100年的光阴已经从他的身上淌过，额头上几乎没有时光留下的皱纹，岁月的年轮如同刻印在树木的木纹之中一样，只留在他的心里和我的回忆中。

记忆中的韩老师并没有这样老。那时，我在汇文中学上高一的时候，韩老师教我立体几何。他第一次出现在我们教室门口的时候，给我的感觉很奇怪：高高瘦瘦的个子，抱着一支大大的三角板，有些像相声演员马三立先生，也有些像独自一人大战风车的堂·吉诃德。大概因为他实在太瘦，那三角板显得格外硕大而与他不成比例。另外，他微微地笑着，也许那笑带有几分幽默的缘故，让人总想跟着一起发笑。

课间操的时间里，常看见他和数学组的年轻老师一起打排球。就在我们教室窗外的空地上，没有球网，只是老师们围成一圈，互相托球，不让球落地，这也要技术和技巧。我们学生下操后常常去看热闹，为老师们叫好。那时，韩老师身手不凡，格外灵敏，加上胳膊长腿长，能够海底捞月一般弯腰救起许多险球。他给我的印象还是那时年轻的样子，心想所以现在他活到百岁也不显老吧？ 年龄在不同人的身上有不同的显像，那是内心的一种镜像。

幽默感是上天赐予极少数人才有的品质。 它来自人对于外部世界的一种宠辱不惊的态度和洞若观火的认知。 幽默感是情不自禁的，真是压也压不住，就像春天的小草，再冷的天，再坚硬的土，到时候了也要拱出地面。

韩老师最初给我的幽默的感觉，是在他上课的时候。 他讲课不紧不慢，言语干净利索，讲得清晰明白，时不时地带有几分幽默感。 记忆最深的一次，是他讲双抛物线，讲到其特点在坐标轴上下的弧线是无限延长永不相交的时候，韩老师指着黑板上他画出的双抛物线，忽然说了一句：“这叫作——上穷碧落下黄泉，两处茫茫皆不见。”全班同学一下子都会意地笑了，他自己也有些得意地笑了。 因为那时我们刚刚学完白居易的《长恨歌》，“上穷碧落下黄泉，两处茫茫皆不见”，正是其中的一句诗。 这句诗本来是形容唐玄宗对杨贵妃上天入地的渴望的，用在抛物线上，歪打正着，那么恰如其分，既生动又富于想象力。 有了学问的积淀，方能触类旁通、横竖相连，让我们的学习有了趣味而记忆牢靠。

我的立体几何学得一直不错，在韩老师教我的一年时间里，大小考试都是满分，只有一次马失前蹄。 我记得很清楚，是期末考试前的一次阶段测验，韩老师出了 4 道题，每题 25 分，由于做题马马虎虎，我错了一道，得了 75 分。 有意思的是，全班只有我一人错了一题，其他同学都是满分，我的脸有些臊不答答的。 那天，发下试卷，韩老师没有找我，而是让我们的班主任找到我，并没有批评我，只是转告我说韩老师觉得很奇怪，说肯定是大意了，让我期末考试时把损失找补回来。我听后心里很感动。好的老师总是懂得教育学生的机会和方法，便使得枯燥的数学化为了艺术，也使得平凡的生活化为了永远的回忆。

一晃，弹指一挥间，韩老师已是百岁老人，不禁令我感慨，更令我怀念。当晚我睡不着，诌出一首打油诗，寄赠韩老师，算我迟到的生日祝贺：

两处茫茫皆不见，上穷碧落下黄泉。

先生教我抛物线，一语记犹五十年。

可爱的中国

初一，我们的班主任是司锡龄老师，他高中毕业留校不久，也就 20 岁出头的样子，面色黧黑，身材削瘦，富于朝气和激情。第一堂课，他没有讲别的，先向我们介绍了方志敏烈士的事迹和他写的《可爱的中国》，然后，大段大段背诵了《可爱的中国》其中的段落，气势磅礴，如同高山滚滚落石，先把我们砸晕。

整整 60 年过去了，眼前总还浮现出他背诵时的样子。他的背诵充满激情，他的眼睛在高度近视镜片后闪闪发光，教室里一下子安静异常，只有窗外高大的白杨树树叶被风摇响哗哗的响声，如同一片涨潮时翻滚的海浪，在为司老师、为方志敏伴奏。

“到那时，中国的面貌将被我们改造一新……到那时，到处都是活跃的创造，到处都是日新月异的进步；欢歌将代替悲叹，笑脸将代替哭脸，富裕将代替贫穷，康健将代替疾苦，智慧将代替愚昧，友爱将代替仇杀，明媚的花园将代替凄凉的荒地……这样光荣的一天，绝不在辽远的将来，而在很近的将来，我们可以这样相信的，朋友！”

司老师背诵的《可爱的中国》中这几段话，我记忆犹新，那情景恍如昨日。一位英雄、一个老师、一篇文章、一次激情洋溢的朗诵，对于一个少年的影响竟然是一辈子的。那一年，我 13 岁。

在此之前，我没有读过方志敏的《可爱的中国》。司老师朗诵得好，方志敏写得好，那一连串的排比水银泻地一般，把对祖国的热爱和对未来的向往抒发得那样激情澎湃，像国庆节天空中绽放的璀璨礼花，燃烧得我们每一个同学的心里火热而明亮。

我渴望读到《可爱的中国》的全文。没过多久，我在旧书店里买到了《可爱的中国》，这是一本薄薄的小册子，1952 年人民文学出版社出版。这本方志敏牺牲之前写下的著作，由鲁迅先生保存，一直到中华人民共和国成立之后才得以出版，更凸显其不凡的价值。世上有很多书，连篇累牍，厚厚如同砖头，精装如似豪宅。但是，书从来不以薄厚精粗论英雄，正如人的生命价值不以长短为标准，方志敏只活了 36 岁，却顶天立地；他的一本薄薄的《可爱的中国》，却是中国革命史和中国文学史绕不过去的一座丰碑。

回到家，我一口气读完《可爱的中国》。这本书还包括方志敏的另一篇散文《清贫》。我从未有过这样读书产生的激动，在那样贫穷落后、黑暗残酷而且时刻面临生命威胁的年代，方志敏对祖国充满那样深厚而不可动摇的感情，充满那样坚定而不可动摇的信心，寄托着那样多美好的向往和心愿，不是每个人都可以做到的，也不是仅仅靠生花妙笔可以写出的。

在《可爱的中国》中还有这样一段话，我也非常喜爱："朋友，中国是生育我们的母亲，你们觉得这位母亲可爱吗？我想你们是和我一样的见解，都觉得这位母亲是蛮可爱蛮可爱的。"然后，他以丰富的想象和真挚的情感，将中国温暖的气候比之母亲的体温，将中国辽阔的土地比之母亲的体魄，将中国的生产力、地下宝藏、未曾利用的天然力比之母亲的乳汁，将中国绵延的海岸线比之母亲的曲线，将中国自然美景比之母亲这样天资玉质的美人……

我不知道将祖国比喻成母亲，方志敏是不是第一人，我是第一次看到，感到那样贴切、生动，含温带热，充满情感。他那一连串热情奔放的排比，绝对不是靠修辞方法可以书写出来的，是对祖国母亲深厚情感的情不自禁又无可抑制的流露，是心的回声，是血液的奔涌。

如果说少年时代哪一位英雄最难以让我忘怀，是方志敏！从那以后，方志敏留给我抹不掉的记忆。想起他来，眼前总会浮现那张牺牲前他披着棉大衣、拖着沉重脚镣的照片所呈现的威武不屈的形象（后来我看到一幅以此形象创作的版画，黑白线条爽劲醒目，印象至今难忘）。为此，我心里一直非常感谢司老师为我们朗诵了《可爱的中国》，在我刚上中学的时候，为我推荐了这本一辈子难忘的好书。

司老师只教我初一一年，中学毕业之后，我再也没有见过司老师。一直到 1986 年的夏天，我在中宣部的一间会客厅里才再次见到司老师，也才知道他已经是中宣部的一个司长，负责中学教育。当时，我的长篇小说《早恋》引起争议，特别是来自一些中学校长和老师的反对，书已经在印刷厂印刷了，不得不停印下来。这部书的责编，北京十月文艺出版社的吴光华先生不服气，带着我，拿着书，到中宣部评理。没有想到出面接待我们的是司老师。司老师把书留下了，说看完后再提具体的意见。

阔别多年后重逢，司老师笑着对我说：“一直关注你的写作。希望你多写点儿，写好点儿！”我对身边的吴光华提起了当年司老师为我们全班同学大段大段背诵《可爱的中国》的情景，司老师听了笑了起来。逝者如斯，日子在时代的动荡和变迁中飞逝，我和司老师的人生都发生了重大的变化。我在心里揣测，不知这本《早恋》，司老师看过之后会有什么看法。他如今的位置会让他的意见举足轻重，甚至决定着这本书的命运。他很快就看完了，传达了他的意见，觉得写得挺好的，没有问题。书顺利地出版了。

从那以后，一直到前些年，我才又一次见到司老师。他和我都已经退休，只是他还操心着中学教育的事情。他打电话问我能不能到四川绵阳给中学师生做一个文学讲座，我当然是义不容辞。过不久，在母校汇文中学新建的一所初中分校里，我和语文老师座谈语文教学，司老师也参加了。他正在这所学校里帮助进行教学改革。会后，学校派车送我和司老师回家。在路上，我知道了他的儿子到美国读完博士，在普渡大学里当老师。我知道，司老师结婚晚，但听到他的孩子都已经结婚生子而且当了大学的老师，还是觉得日子过得飞快。在我的印象里，时间总还是定格在初一那一年他大段大段背诵《可爱的中国》的情景里。

15 年前的一个冬末，我去美国。那是我第一次到美国，在芝加哥，借住在一位留学美国攻读历史的博士的公寓里。那时，他回国探亲，正好房子空着，好心让我来住。在美国读博士，尤其是文科的博士，不那么容易，他来美国已经 10 多年了，快 40 岁了。这么大的年纪，还坚持读博士，终于完成了博士论文，得到了导师的认可，正艰难地等待着出版社最后的审定出版，其中的艰辛只有自己最清楚。

他的书架上摆满各种英文和中文的书。闲来无事，我翻他的书，忽然发现有一本方志敏的《可爱的中国》，居然是和我当年买的同样的版本，连封面都一样。尽管封面已经破旧、褪色，却突然间在心中涌起一种他乡遇故知的感觉。重读这本书，那些曾经熟悉的几乎可以背诵下来的段落，迅速将我带回初一时的青葱岁月，想起司老师的激情背诵，想起自己买到这本小册子回家一口气读完情不自禁地抄录……

这位老博士从家回到美国的时候，我和他聊起了这本《可爱的中国》。我告诉他我少年时的经历、司老师的朗读、我买的旧书等。他告诉我读博出国前，尽管筛选下好多书没有带，但还是从国内海运了满满两大箱子书，其中没有忘记带上这本《可爱的中国》。他很喜欢这本书，这本书会让他想起祖国。

他问我："这本书里还有一篇《清贫》，你看了吧？"

我点点头，说："看了。"

他接着说："方志敏说：'清贫，清白朴素的生活，正是我们革命者能战胜许多困难的地方。'方志敏被捕的时候，仅仅从他的身上搜出一块手表、一支钢笔和两块铜板。想想如今那些贪污受贿的人，你会不会很感慨？如果像方志敏这样的革命者多一些，可爱的中国不是会更可爱？"

在异国他乡，他的这一番话让我难忘。那是他的、是我的、也是司老师的对我们祖国的一份感情和一份期望。那一夜，因谈起方志敏的《可爱的中国》，我想起了司老师。

大约五六年前的夏天，我到美国探亲。那时，我的孩子在印第安纳大学里教书。我知道，普渡大学也在印第安纳州，离孩子的大学不算太远，便对孩子说想去普渡大学看看。孩子开车带我去了普渡大学，校园很漂亮，像是一座花园，四周被绿树鲜花环绕。我们绕着校园转了一圈，停在学校的图书馆前。我对孩子说起司老师，说起我读初一那一年司老师大段大段背诵了《可爱的中国》的情景，也说起司老师的儿子在这里教书。孩子一听，立刻说那咱们去找找他呀。可惜那时，司老师的儿子已经调到西雅图去了。

五月的鲜花

阎述诗老师冬天永远不戴帽子，这曾是我们汇文中学的一个颇为引人瞩目的景观。他的头发永远梳理得一丝不乱，似乎冬天的大风也难在他的头发上留下痕迹。

阎述诗是北京市的特级数学教师，这在我们学校数学教研组里是唯一的。学校里所有的老师，包括我们的校长对他都格外尊重。他只教高三毕业班。非常巧，我上初一的时候，他忽然要求带一个初一班级的数学课。可惜，这样的好事没有轮到我们班。不过，他常在阶梯教室给我们初一的学生讲数学课外辅导，谁都可以去听。他这样做，为了我们学生，同时也是为了年轻的老师。他要把数学从初一开始抓起的重要性用自己的实际行动告诉我们大家。

我那时并不怎么喜欢数学，却还是到阶梯教室听了他的一次课，是慕名而去的。那一天，阶梯教室坐满了学生和老师，连走道都挤得水泄不通。上课铃声响的时候，他正好出现在教室门口。他讲课的声音十分动听，像音乐在流淌；板书极其整洁，一个黑板让他写得井然有序，像布局得当的一幅书法、一盘围棋。他从不擦一个字或符号，写上去了，就像钉上的钉、落下的棋。给我印象最深的是他随手在黑板上的画的圆，一笔下来，不用圆规，居然那么圆，让我们这些学生叹为观止，差点儿没叫出声来。

45 分钟一节课，当他讲完最后一句话的时候，下课的铃声正好清脆地响起，真是料“时”如神。下课以后，同学们围在黑板前啧啧赞叹。阎老师的板书安排得错落有致，从未擦过一笔、从未涂过一下的黑板，满满堂堂，又干干净净，简直像是精心编织的一幅图案。同学们都舍不得擦掉。

是的，那简直是一件精美的艺术品。我还未见过一个老师能够做到这样。阎老师并不是有意这样做，而是已经形成了习惯。长大以后，我回母校见过阎老师的备课笔记本，虽然他的数学课教了那么多年，早已驾轻就熟，但每一个笔记本、每一课的内容，他写得依然那样一丝不苟，像他的板书一样，不涂改一笔一画，哪怕是一个圆、一个三角形，都用圆规和三角板画得规规矩矩，而且每一页都布置得整齐有序，整个笔记本像一本印刷精良的书。阎老师是把数学课当成艺术对待的，他便把数学课化为了艺术。只是刚上学的时候，我不知道阎老师其实就是一位艺术家。

一直到阎老师逝世之后，学校办了一期纪念阎老师的板报，在板报上我见到诗人光未然先生写来的悼念信，信中提起那首著名的抗战歌曲《五月的鲜花》，方才知道是阎老师作的曲，原来阎老师如此学艺广泛而精深。想起阎老师的数学课，便不再奇怪，他既是一位数学家，又是一位音乐家，他将音乐形象的音符和旋律与数学的符号和公式那样神奇地结合起来。他拥有一片大海，给予我们的才如此滋润淋漓。

那一年是 1963 年，我上初三，阎述诗老师才 58 岁，就早早地离开了我们。他是患肝病离开我们的。肝病不是肝癌，并不是不可以治的。如果他不坚持在课堂上，早一些去医院看病，他不至于这么早走的。他就像唱着他的《五月的鲜花》的战士，不愿离开自己战斗的岗位一样，不愿离开课堂。从那一年之后，我再唱起这首歌“五月的鲜花，开遍了原野，鲜花掩盖着志士的鲜血……”便会想起阎老师。

就是从那时起，我对阎述诗老师有了进一步的了解。以他的才华学识，他本可以不当一名寒酸的中学老师。艺术之路和仕途之径都曾为他敞开。1942年，日寇铁蹄践踏北平，日本教官接管了学校后曾让他出来做官，他却愤而离校出走，开一家小照相馆艰难度日谋生。中华人民共和国成立初期，他的照相馆已经小有规模，凭他的艺术才华和照相水平在远近颇有名气，收入自是不错。但是，这时母校请他回来教书，他二话没说，毅然放弃商海赚钱生涯，重返校园再执教鞭。一官一商，他都是那样爽快挥手告别，唯有放弃不下的是教师生涯。这并不是所有知识分子都能做得到的，人生在世，诱惑良多，无处不在，考验着人的灵魂和良知。

我对阎述诗老师的人品和学品愈发敬重。据说，当初学校请他回校教书，校长月薪90元，却经市政府特批予他月薪120元，实在是得有其所，充分体现对知识的尊重。现在想想，即使今天也不是那么容易做到的。

世上有许多东西是无法用金钱衡量的。阎述诗老师一生与世无争，淡泊名利；白日教数学，晚间听音乐，手指在黑板与钢琴上均是黑白之间相互弹奏；两相契合，阴阳互补，物我两忘，陶然自乐。在物欲横泛之时，媚世苟合、曲宦巧学、操守难持、趋避易变盛行，阎述诗老师守住艺术家和教育家的一颗清静透彻之心，对我们今日实在是一面醒目明澈的镜子。

诗人早就说过，有的人活着，他却死了；有的人死了，他却活着。想想抗战胜利都70多年，《五月的鲜花》唱了整整有70多年，却依然在整个中国的土地上回荡。岁月最为无情而公正，70多年的时间呀，会有多少歌、多少人被人们无情地遗忘！但是，阎述诗老师和他的《五月的鲜花》仍被人们记起。

在母校纪念阎述诗老师的会上，我见到他的女儿，她是著名演员王铁成的夫人。她告诉我她的女儿至今还保留着几十年前外公临终前吐出的最后一口鲜血——洁白的棉花上托着一块玛瑙红的血迹。

从血管里流出的血与从自来水管里流出的水终究是不同的人生、不同的历史。

那块血迹永远不会褪色。那是五月的鲜花，开遍在我们的心上。

那片绿绿的爬山虎

1962 年，过了暑假，我上初三，写了一篇作文叫《一张画像》，是写教我平面几何的老师。他个子不高，每天上课的时候，都抱着大三角板和圆规、直尺的教具，教具高过他的头，显得他的个子越发地矮，样子非常好笑，让我觉得有点儿像漫画里的人物。但是，他的课上得很有趣，为人也很有趣，教我语文的田增科老师认为这篇作文写得也很有趣，便将这篇作文推荐参加当时正在举办的北京市少年儿童征文比赛，没有想到居然获奖。获奖的奖品是一支钢笔和一本新华字典。奖品虽然很小，但是陈列在学校大厅的陈列柜里，规格不低。

当然，我挺高兴。一天，田老师拿来厚厚一个大本子对我说："你的作文要印成书了，你知道是谁替你修改的吗？"

我睁大眼睛，感到有些莫名其妙。

"是叶圣陶先生！"田老师将那大本子递给我，又说，"你看看叶老先生修改得多么仔细，你可以从中学到不少东西！"

我打开本子一看，里面油印着这次征文比赛获奖的 20 篇作文。我翻到我的那篇作文，一下子愣住了：首先映入眼帘的是红色的修改符号和改动后增添的小字，密密麻麻，几页纸上到处是红色的圈、钩或直线、曲线。那篇作文简直像是动过大手术鲜血淋漓又绑上绷带的人一样。

回到家，我仔细看了几遍叶老先生对我作文的修改。题目《一张画像》改成《一幅画像》，我立刻感到用字的准确性。类似这样修改的地方很多，长句子断成短句的地方也不少。有一处，我记得十分清楚："怎么你把包几何课本的书皮去掉了呢？"叶老先生改成："怎么你把几何课本的包书纸去掉了呢？"删掉原句中"包"这个动词，使句子干净了，也规范了。而"书皮"改成"包书纸"更确切，因为书皮可以认为是书的封面。

我真的从中受益匪浅，隔岸观火和身临其境毕竟不一样。这不仅使我看到自己作文的种种毛病，也使我认识到文学事业的艰巨：不下大力气，不一丝不苟，是难成大气候的。我虽然未见叶老先生的面，却从他的批改中感受到他的认真、平和以及温暖，如春风拂面。

叶老先生在我的作文后面写了一则简短的评语：

> 这一篇作文写的全是具体事实，从具体事实中透露出对王老师的敬爱。肖复兴同学如果没有在这几件有关画画的事儿上深受感动，就不能写得这样亲切自然。

这则短短的评语树立起我写作的信心。那时我才 15 岁，一个毛头小孩，居然能得到一位蜚声国内外文坛的大文学家的指点和鼓励，内心的激动可想而知，涨涌起的信心和幻想像飞出的一只鸟儿抖着翅膀。那是只有那种年龄的孩子才会拥有的心思。

这一年暑假，田老师找到我，说："叶圣陶先生要请你到他家做客！"

我感到意外。像叶圣陶先生这样的大作家，居然要见一个初中学生，我自然将其当成人生中的一件大事。

那天，天气很好。下午，我来到东四北大街一条并不宽敞却很安静的胡同。叶老先生的孙女叶小沫在门口迎接了我。院子是典型的四合院，敞亮而典雅。刚进里院，一墙绿葱葱的爬山虎扑入眼帘，使得夏日的燥热一下子减少了许多，阳光都变成绿色的，像温柔的小精灵一样在上面跳跃着，闪烁着迷离的光点。

叶小沫引我到客厅，叶老先生已在门口等候。见了我，他像会见大人一样同我握了握手，一下子让我觉得距离缩短了不少。落座之后，他用浓重的苏州口音问了问我的年龄，笑着讲了句："你和小沫同龄呀！"那样随便、和蔼，作家头顶上神秘的光环消失了，我的拘束感也消失了。越是大作家越平易近人，原来他就如一位平常的老爷爷一样，让人感到亲切。

想来有趣，那一下午，叶老先生没谈我那篇获奖的作文，也没谈写作。他没有向我传授什么文学创作的秘诀、要素或指南之类。相反，他几次问我各科学习成绩怎么样。我说我连续几年获得优良奖章，文科、理科学习成绩都还不错。他说道："这样好！爱好文学的人不要只读文科的书，一定要多读各科的书。"

他又让我背背中国历史朝代，我没有背全，有的朝代顺序还背颠倒了。他又说："我们中国人一定要搞清楚自己的历史，搞文学的人不搞清楚我们的历史更不行。"我知道这是对我的批评，也是对我的期望。

我们的交谈很融洽，仿佛我不是小孩，而是大人，一个他的老朋友。他亲切之中蕴含的认真，质朴之中包容的期待，把我小小的心融化了，以致不知黄昏什么时候到来，悄悄将落日的余晖染红窗棂。我一眼又望见院里那一墙的爬山虎，在黄昏中绿得沉郁，如同一片浓浓的湖水映在客厅的玻璃窗上，不停地摇曳着，显得虎虎有生气。

那时候，我刚刚读过叶老先生写的一篇散文《爬山虎的脚》，便问："那篇《爬山虎的脚》是不是就写的它们呀？"他笑着点点头："是的，那是前几年写的呢！"说着，他眯起眼睛又望望窗外那爬山虎。我不知那一刻老先生想起的是什么。

我应该庆幸，有生以来第一次见到作家，竟是这样一位大作家，一位人品与作品都堪称楷模的真正意义上的大作家。他对一个孩子平等真诚又宽厚期待的谈话，让我15岁的那个夏天富有生命力和活力，仿佛那个夏天变长了。我好像知道了，或者模模糊糊懂得了：作家就是这样做的，作家的作品就是这么写的。

在我的眼前，那片爬山虎总是那么绿着。

第二辑

花儿为什么这样红

那个星期天的上午

庞老师人长得很帅，个子高高的，脸庞的棱角鲜明。他的年龄大概40岁上下，在教过我的男老师中，属于长相英俊的那种。他只在初二教过我一年的代数课，初三的时候，他就被调到别的学校去了。

虽然教我的时间很短，但是，我对他的印象很深。原因有两点——

一是有一次数学课上，我偷偷看一本《十万个为什么》。我是把书放在抽屉里，书只露出一个头，心想没有把书放在课桌上，老师即便走过来，我立刻把书推进课桌的抽屉里，老师一时也难以发现。谁想到，我看得正上瘾呢，身后传来了庞老师的声音："看什么书呢？"不知什么时候，庞老师已经站在我的身后，他弯腰从我的手里拿过了书，看了看封面，说道："哦，是《十万个为什么》，是本好书。不过，你现在应该问一问自己第十万零一个为什么，为什么上课要看课外书？"庞老师说完，把书还给我，全班同学都忍不住笑了起来。弄得我臊不答答的，一脸通红。

二是庞老师上课的时候，他的数学课本和备课本下面总放着一本文学书。我偷偷地瞄过几眼，有时是一本《莎士比亚剧作选》，有时是一本《普希金诗选》，有时是一本泰戈尔的《飞鸟集》。有时候，课讲完了，庞老师布置课堂作业让我们做，或者发下卷子进行小测验，他便搬把椅子，在讲台桌旁坐下来，翻开这些书读，一直读到下课。这让我非常奇怪，一个教数学的老师居然这么爱看文学书，在我们全校的老师中绝无仅有。

更让我好奇的是，几乎每天上午，庞老师来校都非常早。我只要早早地到校上早自习，总能看到庞老师坐在生物实验室的门前，那里有一条长长的过道，和教室的走廊有一段距离，很安静。我总会看见他在读什么，或者对着窗户背诵什么，一直到第一节课的预备铃响起。我非常好奇，特别想知道他在背诵什么，这么入迷，这么起劲。有一天早晨，我悄悄地走过去，听清了，他在轻声地背诵普希金的诗《致大海》。我刚刚读过这首诗，所以里面的诗句记得很清楚。

原来庞老师也爱普希金。我心里挺佩服他的，想悄悄地离开，生怕打搅了他。可是，已经被他发现，他回过头冲我笑笑，挥着手招呼我过去。他拍拍手里的《普希金诗选》，问我看过这本书吗。我点点头。他说："好！我知道你爱看课外书，这是好事。你看我也看课外书。多看点儿课外书，对你有帮助！"他说话的声音很亲切，我很想听听他能对我讲讲读课外书的体会。这时候，第一节课的预备铃响了，我赶紧和他告别，跑去上课了。

庞老师和别的老师不大一样，他真的是一个非常有意思的老师。可惜，他教我的时间太短了。我常常会想起他，但一直没有再见过他。

刚上高一不久的一个星期天，我去天安门旁边的劳动人民文化宫。那时，文化宫刚进门往东一拐，有一个古木修竹掩映的小院，几间宫殿式红墙绿瓦的建筑，便是图书馆的阅览室。我家离那里很近，上了中学之后，我常常会到那里借书看，或者在那里复习功课，一般会一待待上半天，待到饭点儿，回家吃饭。

那个星期天的上午，我在阅览室里只看了不到半个小时的书，椅子上像长了蒺藜狗子，屁股上像长了草，坐不住了，书上的字变得模糊起来，怎么也集中不了我的目光。我不想再看书了，还了书，走出了文化馆，走到大栅栏的同乐电影院，看了一场电影。那时看场电影，学生票只要五分钱。我记得很清楚，那天看的是根据陀思妥耶夫斯基的小说《白痴》改编的电影。说实在的，我根本没有看懂，却莫名其妙觉得挺有意思的，比枯坐在阅览室看书轻松了许多。

从电影院走出来，走出大栅栏，走到鲜鱼口，想穿胡同回家，迎面碰见了一个人，觉得非常面熟。四目相对，他一下叫出我的名字："是你，肖复兴！"我也认出了，是庞老师！一年多没见了，突然街头相遇，让我有些激动。

他问我在高一几班，又问我这一年多学习成绩怎么样，还问我课外书都看了些什么。然后，他笑眯眯地对我说："你给我的印象很深呀！"这句话说的，我生怕他会接着说起我上课看《十万个为什么》的事情，赶紧低下头。看见他的书包里塞满了书，忙打岔问道："这么多书呀，您这是要去图书馆还书吗？"

他点点头，顺手从书包里拿出一本书，是《古文观止》，问我："这本书你看过吗？"我羞愧地摇摇头。他又拿出一本书，是袁鹰的《风帆》，问我："这本你看过吗？"这本我看过，我赶忙点点头，找补回一点儿颜面。

看着庞老师这满满的一书包书，我的心里忽然有些惭愧，刚才在文化宫图书馆的阅览室里，只待了半个小时，就坐不住了，就跑出来看电影了，而庞老师却看了这么多的书。

庞老师问我："你这是到哪里去了？"

我不敢回答是看电影了，慌不择词，反问起他来了："庞老师，有一个问题一直想问您，您教数学，为什么那么爱看文学书？记得您给我们上课的时候，数学课本下面总放着一本文学书。"

庞老师笑了："现在我这个习惯也没变呀。"然后，对我说："对了，你现在正是读书的好时候，要利用时间多读些书，中国的、外国的、现代的、古典的……"分手的时候，他对我说："有时间找我玩，我就住在学校里。"

过去了50多年，我常常会想起庞老师。高一刚开学的那个秋天的上午，庞老师的身影总还在眼前浮现；他对我说过的要利用时间多读书的话还是那么清晰地在耳畔回响。

有些人，有些事，尽管结识和经过的时间都不长，甚至只是匆匆一闪，却让我真的很难忘记，他和它不仅刻进我的记忆里，更是刻进了我生命的年轮里。

青春的争论

张学铭老师是我读高一时的班主任，兼教化学课。他身体不好，从北京大学化学系肄业。以张老师的学识，教我们还在背元素周期律的高一学生的化学，简直是小菜一碟。除了上课，他不爱讲话，也不爱笑，脸总是绷得紧紧的。作为班主任，他管得不多，基本都放手让班干部干，无为而治。除了上课，很少见到他的身影。

在高一这一学年里，我和张老师的接触只有两次。

一次，是上化学实验课。张老师先在教室里讲完实验具体操作的步骤和要求，就让我们到实验室做实验，他没有跟着我们一起去，实验室里有负责实验的老师。这是张老师的风格，什么都让我们自己动手。他说，饭得靠自己吃，路得靠自己走。

那一次实验，我忘记是做什么了，每一个同学一个实验桌，上面摆着各种化学粉末和液体，还有各种试管和瓶瓶罐罐。最醒目的是一个大大的烧瓶，圆圆的，鼓着大肚子。实验过程中，“砰”的一声巨响，我面前的这个烧瓶突然炸裂了。全班同学都被惊住了，目光像聚光灯一样都落在我的身上。

实验老师也走了过来，望着有些惊慌失措的我，先问我没伤着吧，然后，对我说：“你去找张老师，跟他讲一下。”

我到化学教研室找到张老师，告诉他这件事，垂着头，等着挨批评。但是，他什么话也没说，拿出一个新烧瓶，交到我的手里，让我回去重新做实验。没有一句批评，就这么完了吗？我小心翼翼地捧着烧瓶站在那里，生怕掉到地上。他只是挥挥手，让我赶紧回去做实验。

我嗫嚅道："张老师，我把烧瓶……"

他打断我的话："做实验，这是常会发生的。哪有什么实验都那么顺顺利利就成功的？"

第二次，是一次班会。那时，我是班上的宣传委员，我提议组织一次班会，专门讨论一下理想。我想了一个讨论题目：是当一名普通的工人对社会的贡献大，还是做一名科学家贡献大？那一阵子，我们班正组织活动：跟随崇文区环卫队，一起到各个大杂院里的厕所淘粪。带领我们的淘粪工是赫赫有名的时传祥师傅，他是全国劳动模范，因受到过国家领导人的接见而无人不晓。张老师听完我的提议说："很好，你就组织这个班会吧。到时候，我也参加。"

班会在周末下午放学之后进行，开得相当热闹。大家刚刚跟随时传祥淘过粪，很佩服时传祥，但是，高中毕业考大学，难道上完大学不是为了做一名科学家，而是去当淘粪工吗？显然，当一名科学家对社会的贡献更大些，支持者说得头头是道。反对者也不甘示弱，一室不扫，何以扫天下？没有淘粪工，生活就变得臭烘烘的了。只有社会分工不同，行行出状元，他们对社会的贡献和科学家一样的大。

大家争论得非常激烈，一直到天黑，还在争论，尽管没有争论出子丑寅卯来，却是兴味未减。整座教学楼只有我们教室里的灯亮着。说实在话，这个争论话题有些像只带刺的刺猬，是所有同学心理和成长过程中绕不过去的一道坎儿。

张老师坐在那里一言不发，静静地听我们热火朝天的争论。最后，我请张老师做总结发言。他站起来，只是简短地说了几句：“今天同学们讨论得非常好，你们还年轻，还没有真正地走向社会，但你们应该有属于自己的理想，为实现这个理想，实实在在地努力学习！”他声调不高，语速很慢，我们还都在听他接着讲呢，他的声音却戛然而止。

走在夜色笼罩的校园里，望着远去的张老师瘦削的背影，我真想问问他：“张老师，您自己没当成一名科学家，而是到我们学校当了一名化学老师，您说您要是当了科学家对社会贡献大呢，还是当中学老师贡献大呢？”我不知道他会怎样回答。

不管怎么说，高一那一年，张老师以他开明民主的教育方式，给我们全班同学关于理想、关于价值观一次畅所欲言的机会。尽管一切都还没有答案，一切答案不都是在我们这样年轻时候的摸索中、争论中才能逐渐寻找到的吗？

花儿为什么这样红

高万春校长戴一副宽边眼镜，总爱穿一身中山装，风纪扣紧系着，不苟言笑，很威严的样子。在我们同学中间流传着他的传说，最广的是他曾经在西南联大听过闻一多的课，在学校的文学创作园地《百花》墙报上，每期都有他亲自写的文章（最出名的有《李自成起义的传说》《盖叫天谈练功》），谈天说地，博古论今，让我更加信服他一定师出名门。我们学生对他肃然起敬，也对那个风云激荡的时代充满想象。但对他也多少有些害怕，远远看见他，都会躲着走。

高校长在汇文的那10年时间中，有我在汇文读书的6年。我单独见到他，只有两次。但是，遵从有教无类的古训，我知道他对我青睐和照顾有加，学校破例允许我可以进图书馆里面去挑书，便是他的指示。当时有很多学生不满，找到图书馆的高挥老师去吵，向学校提意见，高校长却坚持自己的主见："要给爱学习的学生开小灶！"

记得我初一的班主任司老师曾经对我说，有一次，高校长问司老师这样一个问题："你说一名大学教授贡献大，还是一名优秀的中学老师贡献大？"不等回答，他自己说："办好一所中学，当好一名中学老师，不见得比大学教授贡献小。"在他当汇文校长的那10年中，把一所拥有百年历史的老校，以德智体美全面发展的好成绩，推到全北京市中学前五六名的位置上，这是他之后历任校长再也无法企及的。

高校长最大的爱好就是听课。因此，年轻的老师和我们学生一样，都有些怕他，怕他搬来一把椅子，坐在教室后面听课，下课之后，检查他们的教案和备课笔记。他是教学的行家，老师哪里讲得好，哪里讲得不好，他全都听得出来，会不客气地提出批评。

我说了，我单独见到他，只有两次。

第一次，是高一，下午放学的时候，班主任老师叫住我，让我到校长室去一趟，说高校长找我。我有些惴惴不安，一般学生被叫到校长室，不会有什么好事，总是犯了错误被叫去受训的居多。我心里在想，自己犯了什么事了吗？会不会把我找去批评我？

校长室在一楼，我敲门后走进去的时候，高校长正襟危坐在办公桌前。他没有让我坐下，只是先问我最近的学习情况，然后又告诫我要谦虚，不要骄傲翘尾巴，最后，他拉开办公桌的抽屉，拿出一个牛皮纸袋递给我，告诉我："这是一本英文版的《中国妇女》杂志，你的一篇作文被翻译成英文，刊登在上面了。"

我松了一口气，原来是好事。我站在那里，等着他继续训话。但是，没有了，他摆摆手，放行，让我走了。刚走出校长室，在楼道里，我就打开了杂志，一看，是我的那篇《一幅画像》被翻译成了英文，还配发了一幅插图。

我到现在还记得，在校长的办公室里，靠墙有一把长条背靠椅。后来，我听班主任老师说，高校长就是在这把长椅子前面再加一把椅子，把它们当成了床，常常晚上不回家，睡在这上面。

第二次，是我读高二，有一天下午放学早了点儿，我和一个同学边下楼梯边哼唱起来《花儿为什么这样红》。那时候，正放映电影《冰山上的来客》，这首雷振邦作曲的电影插曲很走红，很多人都爱唱，我们也是刚刚学会的。那时，我们的教室在三楼，我们两人从三楼走到一楼，也从三楼哼唱到一楼。走到一楼前的最后几个台阶的时候，我们两人都看见了，高校长正一脸乌云站在一楼的楼梯口等着我们呢。

我们收住了歌，惴惴不安地走到他的跟前。他劈头盖脸地问了我们一句："你们说说，花儿到底为什么这样红？"

我们两人吓得什么话也说不出来。

高校长又严厉地对我们说道："你们不知道吗？高三的同学还在上课！"

我们这才忽然想到，高三年级各班的教室都在一楼，为了迎接高考，他们得加班加点上课。

高校长说完，转身走了，我们两人赶紧夹着尾巴溜出了教学楼。

高二那年，我当了一年学校学生会主席。也没有多少工作，只是负责在学校大厅的黑板上每周出一次黑板报，每学期一次全校运动会和文艺汇演，还有每学期开学典礼的文艺演出。

高三开学典礼的文艺演出准备工作，还是由我们这一届的学生会负责。开学之后，学生会换届选举，我就可以卸任，准备紧张的高考了。就在准备文艺演出的一天下午，我正在学校礼堂的舞台上和同学们一起忙乎，一个同学跑上台，对我说范老师找我。范老师是负责我们学生会的教导处的主任。我跟着这个同学走下舞台，往礼堂外面走，刚走到门口，就看见范老师正坐在最后一排的椅子上。他身边还坐着两位老师，一男一女，我都不认识。

范老师见我走了过来，站起来向我介绍，原来他们是中央戏剧学院表演系的两位老师。男老师教形体课，女老师教表演课。我有些奇怪，不知道他们找我有什么事情。说句很羞愧的话，当时，我确实见识很浅陋，从来没有听说过北京还有一个戏剧学院。

范老师告诉我："这两位老师是专门来咱们学校招收学生的，他们看中了你！"

我更是有些吃惊，因为当时我一门心思只想考北大，对于戏剧学院一无所知，对于表演系更是一头雾水。两位老师非常热情，对我说："以前不了解没关系，到我们学校参观一下，不就了解了嘛！"

于是，我被邀请参观了中央戏剧学院，由这两位老师陪同，观看了戏剧学院学生当年演出的话剧《焦裕禄》。我第一次走进了正规剧院的后台，那是和我们学校舞台一侧简陋的后台无法相提并论的。鲜艳的服装、化妆的镜子、喷香的油彩、迷离的灯光、色彩纷呈的道具……以一种新奇而杂乱的印象，一起涌向一个中学即将毕业而有些好奇、有些兴奋又有些不知所措的少年面前。

不过，我一直很奇怪，我根本不认识这两位戏剧学院表演系的老师，他们是怎么知道我的呢？我把这个疑问抛向了我的班主任老师，他告诉我："艺术院校是提前招生，所以，这两位老师老早就来过咱们学校好几次了，想找一个能写也能演的学生，希望学校推荐合适的人选。是高校长推荐了你！"

我在心里对高校长很感激。

一直到从汇文中学毕业，离开这所学校，我再也没有见过高校长。

忽然想起曾经学过的语文课文，鲁迅的《从百草园到三味书屋》中说过的话：“我将不能常到百草园了。Ade，我的蟋蟀们！Ade，我的覆盆子们和木莲们！”

我也要说：“我将不能常到汇文中学了。Ade，我的校园！Ade，我的老师们和高校长！Ade，我的中学时光！”

大学体育老师张老师

我读大学那年是1978年，那一年，我31岁。那是恢复高考之后中央戏剧学院第一次招生。我们班上的学生年龄大小不一，有应届中学毕业生，比我小许多的，也有比我年纪还大的，可谓“爷爷孙子一锅烩”。长着青春痘的和一脸沧桑的，坐在同一个教室里，老师看了都觉得怪怪的。

年纪大的学生，不耽误上各种专业文化课，而且，上这样的课，年纪大还占着便宜，因为以前读的书多些，理解力会强些，作业完成得也会相应好些。唯独一门课让年纪大的头疼，便是体育课。偏偏教我们体育课的张老师，是个上课极其认真严格的老师。

我们的体育课很正规，球类、投掷、跳箱跳马、垫上运动、单双杠、中长跑……应有尽有。夏天到什刹海游泳，冬天到北海滑冰，从不让你闲着。而且，不是单纯玩玩的，每一项结束，都要进行测验，记录下你的分数，登记在你的期末学习成绩册上。

这些运动项目对年轻人来说不算什么，对上点儿年纪的人，老胳膊老腿的，还真是不那么容易通过。我从小算是爱体育运动，这些项目勉强能过关，唯一的弱项是从来没有穿过冰鞋滑过冰。第一次惴惴不安地上冰，居然一下就会滑了，并没有想象中的跌跤露丑。但是，班上有几位和我年纪差不多的老龄同学，就没有那么幸运了。别说滑冰、游泳根本不行，就是其他的项目，也常常出笑话。最有意思的是，一次练习跳箱，一个同学双手按着跳箱一端，使劲儿使大发了，竟然一把把跳箱盖推走，他自己整个身子一下子掉进跳箱里面了。另一次练习投手榴弹，一位同学助跑之后，把手榴弹投出去，手榴弹不是向前，而是匪夷所思在他的身后飞落。上一次跳马让全班同学哄堂大笑，这一次可是吓得站在后面等待投手榴弹的同学们一片惊叫，纷纷作鸟兽散。

从小学开始就有体育课，体育课上得如此惊心动魄，是我从来没有经历过的。我看到张老师站在一旁，不动声色，一句话不说。大概也是他从教这么多年从来没有见过的，让他哭笑不得，不知该对我们这帮学生说什么才好。

有好几位年纪大的同学悄悄指责张老师，说我们都这么大年纪了，又不是小年轻，体育课不是什么正经的课，对付对付算了，干吗还这么认真严格，难道还要把我们培养成运动员去参加奥运会不可？也有人嘲讽张老师，说他十几年都没有上体育课，好不容易他能又上体育课了，还不得拿咱们练练手，过过瘾！

这样的话可不敢让张老师听见。戏剧学院里排座次的话，表演、导演、舞美和戏文分列前后，其中学习的科目众多，体育课大概是要排在末端的。但是，张老师从来没有这样的感觉，他一直认为体育课是整个学院的顶端，没有好身体，你再大的本事也是玩完。在他的体育课上，他始终如一位将军般威武壮烈地站在那里，赛过再有名的演员、导演和剧作家。我在戏剧学院读书 4 年，教书两年，认识很多教学认真严格的老师，张老师的认真严格中有种其他老师没有的莨劲儿，或者叫作轴劲儿，是让我最难忘的。

最难忘的是4年之后我们大学毕业之际，体育课的考试是1500米长跑。没有选择别的项目，是张老师对我们的宽容和体恤，甭管你跑多慢，只要坚持跑下来，就算成绩合格。那时候，我的同学（后来成为有名的作家）陆星儿，正巧要生小孩，挺着大肚子，没办法参加这1500米长跑考试。大家心想张老师还不通融一下，好歹给个成绩，让陆星儿毕业得了。张老师毫不通融，坚持要陆星儿生完孩子回来补考。实在没有办法，陆星儿只好生完孩子、身体恢复之后，回到学院找张老师补考。我们毕业是在8月份的夏天，陆星儿回来补考是一个学期之后的寒假了。每一次想到陆星儿独自一个人，顶着寒风，从学院大门口绕到圆圆寺前街，再顺着宽街跑到棉花胡同，跑到学院大门口，我都会想起我们这一代人的大学独一无二的体育课。

当然，也会想起张老师。陆星儿独自一人长跑的时候，他也是独自一人，站在我们学院的大门前，手里掐着计时的秒表，等着陆星儿跑回来。他们一样顶着39年前冬天的寒风。

老电话号码

记忆中的那个夏天是那样明亮而炎热。那是1959年的夏天，我11岁，读小学五年级。暑假前最后一节体育课是打篮球，刚刚上完，班主任徐老师站在操场边叫着我的名字，招呼我过去。我跑了过去，看见他身边站着一个个子高高的男人，正笑眯眯地望着我。他不是我们学校的老师，我没有见过他，看样子比我们徐老师还要年轻，不到30岁。

徐老师向我介绍他说："这是少体校的航模教练叶教练。叶教练到咱们学校选人，看中你了！"叶教练对我说："我看你一节体育课了，也听了徐老师对你的介绍，愿不愿意到少体校跟我学航模？"

说老实话，那时候，我根本不知道航模是什么，我不怎么想学这个航模。但徐老师对我说："学航模不仅要求身体好，学习成绩也好才行，航模是体育，也是科技。"然后，又补充一句："叶教练在咱们学校就选中你一个。"这话说得我把到嘴边的话咽了下去。

放暑假的第二天上午，按照叶教练说的地址，我去龙潭湖边上的体育馆里找他报到，就要正式开始我少体校航模队的训练了。非常巧，少体校篮球队也在那里招生，这才是我喜欢的呀。鬼使神差地，我去那里报了名，教练让我投了两个篮，又让我跑了一个三步上篮，居然收下我，当天就安排我参加了训练。第一次在木地板的篮球场上打球的感觉，比在我们学校的水泥地上打球的感觉强多了，便早把叶教练忘到了脑袋后面。

可惜的是，一个暑假下来，我被篮球队淘汰了，教练认为我的个子以后不会长高。我再也没有去过体育馆，近在咫尺的少年体育生涯仓促又苍白地结束了。

记得那样清晰，1963 年的寒假刚过，那一年，我读初三。一天清晨上学的路上，我路过花市大街，进了那里的锦芳小吃店，想买个炸糕当早点吃。为什么记得那么清楚，难道一定是炸糕，就不会是油饼吗? 因为排队站在我前面的那个人买的也是炸糕。当然，如果是别人，我也不会记得那么清楚，他买好炸糕，回过头来，竟然望着我笑了笑。我开始没有认出他来，以为那笑只是出于礼貌。等我买好炸糕，准备出门的时候，看见他在门外等着我。他对我说："不认识我了? 我是叶教练呀！"我才想起来，是叶教练，忽然感到非常羞愧。快 4 年的时间过去了，我的个子长高了一头多，他居然还能一眼认出我来。而我 4 年前辜负了他的好意。那一刻，我真怕他问起我那一年为什么没有找他参加航模队，更怕他说："我可是看见你参加了篮球队哟！"

他没有对我提及往事，只是问我现在在哪儿上中学。我告诉他我在汇文中学。他说："是好学校，我就知道你差不了！"然后问我："还想不想学航模了？"我垂下头，没敢回答。他接着说："还是跟我学航模吧！我觉得你一定是一个很不错的航模运动员！"说着，他从他的背包里掏出一支笔和一个本，在本上写了一个他的电话号码。他把那张纸从本子上撕下来，递给我说："这是我的电话，你如果想学了，可以随时给我打电话。”

我们就这样在小吃店门口分手了。我走得很匆忙，现在想想，有些像逃跑的意思。因为我从心里不怎么喜欢航模，我想我不会给他打这个电话了。我走了几步，回头一看，他还站在小吃店门口向我挥手。我心里想，他要是个篮球教练多好啊！

算一算，52 年过去了，我再也没有见过叶教练。前些天，我整理旧书和旧笔记本，竟然从一个笔记本里看到了这个老电话号码。笔记本的纸已经发黄，那种只有那个年代才有的纯蓝墨水的笔迹也已经变淡。面对这个老电话号码，我心里五味杂陈，我知道，过去的一幕早已经如童话一般谢幕，那种充满着善意甚至纯真和对一个十几岁孩子由衷期待的情感与心地，也早已经变淡甚至变色。

明明知道，这些年来电话号码早已经数位升级，变化得面目全非，但我还是在电话机上按下了这个老号码。话筒里传来的只是忙音。如果是 52 年前，话筒里传来的一定是叶教练的声音。

那一刻，我的眼睛里满是泪花。

蓖麻籽的灵感

我当过整整10年的老师，大学、中学、小学都教过。当惯了老师，都讲究师道尊严，面对学生，觉得自己一贯正确。其实，老师也常有马失前蹄的时候。

我教过的一位女高中生，对我讲过她自己的这样一件事：

小学三年级，发展第一批同学入队前，上学路上，她和一个小男孩一起走。小男孩先天残疾，半路上挨了一个大男孩的打。她很气不过，冲上前一拳朝大男孩打去。谁知这一拳正巧打在大男孩的鼻梁上。小男孩挨欺负没流血，大男孩欺负人反倒鲜血直流。事情就是这样反差古怪，她被班主任老师——一位慈祥的老太太叫到办公室，挨了批评。批评的原因在老师看来很是简单明了：大男孩鼻子流的血是如此显山显水。

第一批入队的名单里没有了她。

她回家后不吃不喝，气得病了。父母问她为什么，她不说话，自己和自己生气。这很符合孩子的特点，疙瘩就这样系上了，如果解不开，很可能会改变一个孩子一生的性格，乃至对整个生活的态度。孩子的事就是这样细小，大人们会觉得没什么大事，但在孩子柔弱的心里却是没有小事的。

几天过后，那位老太太——她的班主任老师来到她家，手里拿着一条红领巾，还有一包蓖麻籽。老师把红领巾戴在她的脖子上，把蓖麻籽送给了她的父亲，说了好多的话，有一句她至今记忆犹新：“这孩子像蓖麻籽一样有刺儿！”

那个年代里，校园内外种了许多蓖麻，它们可以炼油。蓖麻籽曾陪伴我们这一代人度过肚内缺少油水的饥饿时光。现在的校园里，名贵的花草树木已经很多，很难见到蓖麻籽，学生对蓖麻很陌生。

这位女老师用自己独特的方式，向比自己小几十岁的学生承认了自己的过错。我不知道她在送学生红领巾的时候，怎么会灵机一动，突然想起了蓖麻籽？这绝对是灵感，蓖麻籽使得老师认错这一简单的事情化为艺术，化为她的学生一辈子永不褪色的美好回忆。

我相信，再高明的老师也会有闪失的时候。闪失过后，向自己的学生低首认错已是很难；再将这认错的过程化为艺术，则不是每一位老师都能做到的。

40 多年前，我在北京一所中学里教高三语文并担任班主任，就在那一年的夏天，我考入大学。我即将离开这所中学的时候，班上发生了这样一件事：坐在最后一排一位高高个子的女学生的钢笔不翼而飞。如果是一支普通的钢笔，倒也罢了，偏偏是她的父亲在国外为她买的一支造型奇特、颜色鲜艳的钢笔。那时候，国门尚未打开，舶来品很是让人羡慕，让人眼睛为之一亮。

丢失钢笔后，她向我报告时，我看到她眼泪汪汪的，而她的同桌—— 一个男同学，则得意而诡黠地笑。这家伙平常就调皮捣蛋，是班上有名的嘎杂子琉璃球。我当时有些不冷静，一准认定是这小子犯的坏！我立即叫他站起来！他偏偏不站起来，拧着脖子问我：“凭什么叫我站起来？又不是我偷的钢笔！”我反问他：“不是你偷的，你笑什么？”他反倒又笑了起来，而且比刚才笑得更凶：“笑还不允许了？我想笑就笑！”

唇枪舌剑，话赶话，火拱火，一气之下，我指着他的鼻子，让他立刻给我离开（差点没说出“滚出”）教室！他更不干了，坐在那儿愣是不走。全班同学都把目光集中在我和他的身上。我更加不冷静，走上前去，一把揪起他，拖死狗一样，拖着他往教室门口走去。他的劲儿很大，使劲儿挣巴着，和我在拔河。

当了10年的老师，只有这一次，我竟和学生动了手。

第二天，这位女同学就找到钢笔。她放错了地方，还愣往铅笔盒里找。没过多少天，我就离开了这所中学。到大学报到前，班上许多学生到我家来为我送行。没有想到，其中竟有这个被我揪起来的男同学。

我很感动。我觉得很对不起他，是我冤枉了他，而且还对他动了手。我不知道该如何表达。向他认个错？我缺乏勇气，脸皮也薄。自然，我也就没能如那位老太太一样，突然萌发出蓖麻籽的灵感。

我当了10年的老师，却没有掌握当老师的这门独特艺术。

偶尔想起那个倔头倔脑的男同学。算算，他现在60岁出头了吧？

偶尔也想起蓖麻籽。如今，北京城真的已经很少能见到蓖麻了。

赛什腾的月亮

又到中秋节了，不知道柴达木赛什腾山上的月亮，今年和往年是不是一样圆？

赛什腾山应该算是昆仑山的余脉，那时候，在青海石油局的冷湖四号老基地，从哪个井队的位置上都可以望到它。望着它，觉得很近，却是“望山跑死马”，跑到山脚下，至少要花上半天的时间。

那时候，是指1968年。这一年，北京的初三学生甘京生和一批北京的中学生来到冷湖，成了石油工人。那时候，他还不到18岁。就在那一年的中秋节，井队放假，他和几个同学约好，一上午就从四号老基地出发，往那座已经望了大半年的赛什腾山走去。每天都会映入眼帘的赛什腾山，在柴达木明亮得有些刺眼的阳光照射下，有时候会如海市蜃楼一般缥缈，让甘京生对它充满无数的想象。甘京生喜欢幻想，或许这是他从小时候就养成的习惯，他喜欢独自一人望着天空或树林或校园里的篮球架遐想联翩。这大概和他喜欢读文学的书籍有关，那些书让他常常禁不住心旌摇荡，天马行空。

否则，他不会和同学约好向那座秃山走去。去之前，师傅就对他说过：“那山上什么也没有，从来就没有人爬上去过，你去那儿干啥？”他还是执意去了，累了一身的大汗，走了整整一个上午，下午一点多的时候才走到山脚边，吃了点东西继续爬，下午四点多的时候，终于爬到了山顶。 山上除了有些芨芨草和星星点点的黄色野花，真的什么都没有，都是一些裸露的灰色石头，仿佛月球的表面，显得那样荒寂。

但是，甘京生很兴奋，他管这些小黄花叫做赛什腾花，就像老一辈石油人找到了石油，把山下那一片井架林立的地方命名为冷湖一样。 青春年少能够燃烧激情和幻想，让平凡琐碎的日子焕发出光彩。 中秋节的天气在柴达木盆地已经冷了，天黑的也早了。 爬上山没有多久，天色就渐渐暗了下来，秋风一吹，有些萧瑟沁凉如水的感觉，同学们都说赶紧下山吧，天再黑下来，下山的路就不好找了。 他却坚持要等到月亮出来。 “好不容易来一趟赛什腾山，又赶上中秋节，没看到月亮怎么行？”他对同学说。 同学只好陪他一起看月亮。

那是甘京生第一次在赛什腾山上看到月亮，那赛什腾的月亮令他一生难忘。 他能说出赛什腾的月亮和北京的月亮有什么不一样吗？ 他说不清楚，只觉得天远地阔，四周一片荒凉，月亮却和照在北京城里一样，那样浑圆明亮地照在这里没有一点生命气息的石头和萋萋野草上，还有他刚刚命名的赛什腾花上。 他觉得月亮真的非常伟大，对世界万物，无论尊卑贵贱，无论远近大小，都是一视同仁地那样平等地亮着。

这是第二年我在北京见到甘京生时，他对我说起中秋节爬赛什腾山看月亮时候讲的话。 那一年夏天，他回北京探亲，专程来我家看我。 从青海回京的途中，他一路下车，不停地游玩，在洛阳看过龙门石窟，他还在那里买了几本旧书，带回来送我。 他的这一举动让我刮目相看，好不容易有了天数规定好的探亲假，还不早早回家，谁舍得把时间浪费在路上，还惦记逛书店，买几本当时看来无用甚至被视为有害的书?

那是我第一次见到他。他和我弟弟是同学，又同在冷湖为石油工人，他是受弟弟之托来看我的。那一天晚上，他住在我家，我们抵足未眠，秉烛夜谈，聊了很多。他说这番话时，像一个文艺青年。如今，“文艺青年”这个词更像一个贬义词了。其实，真正成为一个文艺青年并不容易，除了必须具有文艺气质之外，更需要一颗怀抱对生活和对文学一样真正的赤子之心。这不是装出来的，而是一生的追求。

难得的是，甘京生并不只是在他18岁那一年心血来潮爬了一次赛什腾山，看了一次中秋节赛什腾的月亮。从那一年开始，每年中秋节他都会爬一次赛什腾山，看一次赛什腾的月亮。20世纪80年代，他调到冷湖石油局中学里当语文老师，兼班主任。他开始带着他班上的学生，每年中秋节爬赛什腾山，看赛什腾的月亮。那些生在柴达木长在柴达木从未出过柴达木的孩子们，从来没有特别注意过中秋节的月亮，更没有爬上赛什腾山看月亮的习惯。甘京生当了他们的老师之后，赛什腾的月亮成了他们日记和作文中的内容，成了他们学生时代最美好而难忘的回忆。他让这些孩子们看到了虽旷远荒寂却属于柴达木自己独特的美。

甘京生离世已经20多年了。他是因病去世的，他走得太早。如今，他教过的第一批由他带领爬赛什腾山看月亮的学生，已经40多岁了，他们的孩子到了读中学的年龄。不知道还会有哪一位老师带他们爬赛什腾山看中秋的月亮。

赛什腾的月亮!

祈年殿前的历史老师

对大多外地游客来说，从东门进天坛，沿着长廊走，是通往祈年殿最便捷的一条通道。

自古建国之制，遵从的是“左祖右社”。明朝在北京建都，除了在皇宫左、右建立了太庙和社稷坛，也就是今天的劳动人民文化宫和中山公园外，还特别在正对皇宫之南的地方建立了一座天坛，认为“天”比祖庙和社稷更为至高无上，或者说“天”是世界万物包括皇帝在内的统领者。在北京乃至中国所有的皇家坛庙中，天坛的位置居首，是无可争议的。而祈年殿，又是天坛重中之重。无论它的信仰伦理意义，还是它的建筑艺术价值，都是绝无仅有的。

曾有这样的说法，自古以来人类创造的奇迹，由于连绵战争、不可抗拒的自然灾难和愚蠢的人为毁坏，如今世界上仅存的三大奇观，是埃及的金字塔、我国的长城，再有便是天坛的祈年殿。

所以，几乎所有外地游客来天坛，首先必要去看看祈年殿的。

祈年殿，上中下三重，红柱金窗，天蓝色琉璃瓦铺顶，内铺金砖，正中有天然龙形方石。祈年殿外，汉白玉栏杆，也是分为上中下三层，正中的台阶上有龙纹石刻。祈年殿建筑的圆形，自然和古人对天圆地方的理解相关。曾经看翻译家盛成在 1936 年写的一篇题为《北平的天坛》的文章中说："圆的建筑，始于原人时代，古罗马的灶神庙，与祈年殿的形式，可称无独有偶了。北极的土人、美洲的土人，以及高卢人的居室，都是圆形的。"接着，他畅想，如果这些人都来到祈年殿前，就是世界大同了呢。这真的是一个关于"圆"奇妙的畅想和礼赞，也可以说是那么多来自全国和全世界的人愿意来天坛看看的一个重要的原因了。

想到好多年没有去祈年殿看看了，秋天，艳阳高照，风暖云柔，我穿过长廊，准备进祈年殿，顺便可以画张画。走廊的尽头，朝北有一扇门可以直接进入祈年殿的大院。一位走在我前面正推着轮椅的中年女人，忽然回过头来，走到我的身边，问我："请问从这里进入祈年殿，是不是可以沿路把天坛主要的景点都看完？"

我望了望她和她前面的轮椅，轮椅上坐着一个白发苍苍的老太太，她身边站着一位中年男人，猜想这三人之间的关系，肯定是一对夫妇带着年迈的母亲逛天坛来了。听她刚才的问话，显然她是外地人，而且是第一次来天坛。

我对她说："可以的，从这里进去，可以看到祈年殿，然后到回音壁和圜丘。这是天坛主要的三个景点，当年皇上祭天就是在这里。而且，这三个景点在一条线上，你们推着轮椅走方便些。"

她谢过我，前去推轮椅。我走上前几步，对她说："我也去那里，我带你们走吧！"然后，我问她："你们是从哪儿来的呀？"

她告诉我："包头。"

我说："包头，我去过好几次，我姐姐当年就在包头工作。"

她很高兴地说："是吗？"一下子，我们之间的关系拉近。

走近院子，巍峨的祈年殿出现在眼前，老太太仰着头眯缝着眼睛，感叹了一句：“好大，好壮观啊！”

女人轻轻地对我说：“老人家总想来北京，来北京就想看天坛。”

话让老太太听见了，她回过头对我说：“这回真的看到了，死也可以瞑目了！”

女人嗔怪着：“妈！ 看您净说这不吉利的话！”

老太太笑了，接着抬起头，眯缝着眼睛，看着如莲花般层层汉白玉栏杆的烘托下祈年殿天蓝的殿顶，不知在想什么。

女人和男人一起把轮椅推到汉白玉的石阶前。 围栏有三道，望望层层叠叠的台阶，老太太对他们俩人说：“怪高的，就别上去了。 在底下看看挺好的！”

“那哪儿行！ 好不容易来一趟，不上去看看，算什么来了一趟祈年殿！”

女人快言快语，是个性情爽快的人。 丈夫站在旁边应和着，俩人弯腰已经一边一个人抬起轮椅，不由分说，把老太太抬了上去。 只可惜，祈年殿如今不让游人进去。 我滥竽充数给老太太当起导游，简单介绍着，老太太听得很认真，一边听，一边看，还一边不停地问。

从祈年门出来，上下又是好多个台阶，又是这一对夫妇抬着轮椅上下。 老太太很有些过意不去地笑着说：“看把你们累的，我倒是像皇上坐轿子似的！”

女人说：“就让您过一把皇上的瘾！”

走到丹陛桥上了。 我指着最中间的御道对女人说：“要把轮椅推到这上边，才是皇上走的道！”

女人把轮椅推到中间的御道上，平滑的汉白玉石头被磨得光可鉴人，在上面推轮椅很轻松，犹如在冰面上滑行。正是国庆节的前夕，道两旁摆满了三角梅，鲜艳的紫红色花朵开得正旺，迎风摆动，像飞舞着的一群群紫蝴蝶。

我对老太太说：“夏天的黄昏时候，北京人愿意到这里，光着脚走在这里，有人还愿意躺在这上面呢。”

老太太很有些惊奇地问：“是吗？这是为什么？”

我告诉老太太：“阳光下晒了一天，这御道比冬天的热被窝儿都暖，人们走到上面，光着脊梁，躺在上面，说是可以治病。”

老太太说了句：“不知道皇上当年躺在上面过没有？”

这话说得有点儿孩子气的调皮劲儿。女人笑老太太：“看您说的，哪有皇上光着脊梁躺在这上面的？成何体统！”

老太太接着调皮地说：“不是说能治病吗？皇上就不得病了？皇上不得病，顺治是怎么那么早就死的？”说得大家都乐了起来。

从回音壁出来到圜丘，没有那么多台阶，只是上圜丘，又要和上祈年殿一样有三层栏杆、好多层台阶。女人和丈夫把轮椅抬上去，老太太接着过了一把坐轿子的瘾。

我告诉老太太，当年皇上祭天就是在这里祭的。华盖擎天，龙旗飞舞，前呼后拥，好不热闹。老太太认真听我这半吊子的解说，让女人推着轮椅沿着圜丘转了一圈，连连说道：“真了不起！值了！值了！”像是自言自语，又像是对女人和女人的丈夫说的。

告辞的时候，老太太示意我俯下身子，她指着女人，悄悄地对我耳语：“告诉你，她不是我的亲闺女！ 他们两口子是一番好意，带我来北京看天坛！”

老人耳背，以为说话声音很小，其实声音还是挺大的。 女人听见了，对老太太说：“看您说的，我不是您的亲闺女，谁是？”

“是！ 是！”老太太笑着连连点头。

我有些疑惑，不禁猜想。 女人悄悄对我说：“她是我和我先生的中学历史老师，一辈子没有孩子，丈夫早早去世了，自己孤身一人，就想来北京到天坛看看，总说，教了一辈子历史，却没能去天坛看看……”

我明白了。 看着他们三人一起挤在圜丘的天心石上，眺望着祈年殿，默默地让天望着自己，让自己对着天，心里忽然非常感动。 不是所有的学生都能做到这样的，也不是所有的老师都值得学生这样去做的。

离开圜丘，当时光顾着感动，没有为他们这一家三口画一幅画，真的有些后悔。

青和蓝不是一种颜色

一

在欧洲，席勒是和克里姆特齐名的画家。应该说，克里姆特是席勒的前辈，既可以称之为席勒的老师，也可以说是席勒的伯乐。1907 年，在奥地利的一家咖啡馆，克里姆特约席勒见面。那时，席勒籍籍无名，克里姆特已经大名鼎鼎，是欧洲分离派艺术联盟的主席——猜想应该是和我们这里的美协主席地位相似吧？克里姆特看中了这个和他的画风相似、特别爱用鲜艳大色块的小伙子，便把他引进他的艺术联盟。

客观讲，克里姆特是有眼光的，对席勒有着引路人的提携之功。那一年，克里姆特 45 岁，席勒只有 17 岁。他应该感谢克里姆特有力的大手对自己的扶助。他是尊敬地称克里姆特为老师的。

2006 年，在芝加哥大学的图书馆里，我借到了一本席勒的画册。那本画册收集的都是席勒画的风景油画。在那些画作中，我看到了熟悉的山城克鲁姆洛夫。尤其是站在山顶望山下绿树红花中的房子，错落有致；彩色的房顶、简洁而爽朗的线条，异常艳丽，装饰性极强。

席勒的作品有风格独特的风景画，也有浓墨重彩的人体画。克里姆特是他的老师，克里姆特的装饰风格，以及用橘红、绿和蓝大面积的艳丽色块，对席勒的影响极深，能够从他的画作中看到克里姆特的影子。

但是，他和克里姆特的画风不尽一致，甚至有些大相径庭。克里姆特的人体画，大多是如他的著名画作《金衣女人》一样，画的是衣着华丽的贵妇人；克里姆特的人体画，是局部写实中整体带有浓郁的装饰风格，雍容华贵，典雅而现代。席勒的人体画则是张扬的、怪异的、狰狞的，甚至是村野的、焦灼的。同样艳丽的色块，在他们彼此的人体画中显示着不同的艺术追求和迥异的内心世界。席勒自己的那些风景画也和他的人体画不一样，那些艳丽的色块渲染、对比着风景中的宁静；而在人体画中，则渲染、对比着内心的激情、躁动不安与不知所从。那些从他的老师克里姆特那里学来的橘红、绿和蓝，像水一样融化在他的风景画中，却如火焰一样跳跃在他的人体画里，像是我们京戏里重重涂抹在人物脸上的油彩，那样醒目而张扬。

我也多少明白了，席勒在心里既把克里姆特认作是自己的老师，又有些不服气，渴望超越克里姆特，尽管是克里姆特把他引进欧洲美术界。他画过一幅题名为《最后的晚餐》的油画，透露他渴望超越自己老师的野心，因为居然用自己的肖像取代了中间位置的耶稣，而将空缺的那个座位上的人物指陈为克里姆特。这样明显的李代桃僵，是任何人都看得出来的。如果放在我们这里，如此狂妄自大，即使不被口诛笔伐，大概也难在这里的江湖里混了。但是，克里姆特并没有对席勒说什么，任他如此野心勃勃，一条路走到黑；任他反感并直言反对自己华丽的贵族风。艺术从来就是这样各走各路，他并不希望席勒笔管条直地成为克里姆特第二。

1918 年，克里姆特去世，席勒果然取代了克里姆特的位置，在欧洲画坛上名声大振，画作的价格也随之暴涨了三倍。人们像认可克里姆特一样，开始认可席勒。

可以这样设想一下，如果席勒当年对于克里姆特的引路和提携感激涕零，跟随在克里姆特的屁股后面亦步亦趋，然后拿着老师的名牌借水行船兜售自己，这个世界上还会有一个与众不同的席勒吗？反过来说，如果克里姆特看到席勒梦想超越自己，并且明目张胆地反对自己的画风，而变革自己的风格，由此批评他，乃至站在他老师甚至画坛领袖的位置上否定他，这个世界上还会有一个这样杰出的席勒吗？

二

席勒和克里姆特，让我想起另两位美术家。他们是法国著名的雕塑家马约尔和罗丹。罗丹比马约尔大 21 岁，是马约尔的前辈、老师，也是马约尔的鼎力支持者，是马约尔的伯乐。可以说，没有罗丹，很难有马约尔以后令人瞩目的发展。马约尔和罗丹之间的关系，可以说是席勒与克里姆特的翻版。

马约尔学雕塑很晚。那是 1898 年的事情了，那时，马约尔已经 37 岁，早过了而立之年。而那时 58 岁的罗丹和他的雕塑的名声，如当年的克里姆特一样，已经如日中天，像一座巍峨的高山，难以逾越。

马约尔小时候就喜欢画画，想入专门的美术学校学习画画。他的父亲是个水手，兼做一点儿小生意，不同意他的这个想法。在父亲看来，这实在不着调，不如老老实实做点儿本分的事，长大以后才好养家糊口。父亲死后，当地好心的市长看中了马约尔的画画才能，推荐他到地方博物馆正规地学习素描。然后，他又顺利地进入巴黎学习绘画。

这样的正规学习看似道路顺畅，多少也有些风光，让他从法国遥远的接近西班牙的偏僻的南方小镇，一下子进入了法国的文化艺术中心巴黎。但是，如同我们国家大量学习美术的年轻人蜂拥至北京一样，并不能真正地可以以画画为生。父亲说得没有错，画画解决不了生活的出路问题，马约尔最后还是从巴黎回到了南方的家乡巴尔纽斯，在乡间一家工厂找了一份差事，照父亲说的话，老老实实做本分的事。

马约尔和同在乡间工厂工作的一位女工结了婚，开始了居家的寻常日子，他的父辈都是这样娶妻生子过日子的。很多曾经在年轻时候富有才华和理想的人，在这样日复一日的寻常生活中，渐渐地磨平了自己身上艺术的光芒，以致最后彻底地被丢弃和遗忘。

马约尔总心有不甘。百无聊赖时，他玩起了雕塑。最初，他用木头雕刻出一个圆形的东西当人的脑袋，再雕刻出一个大一点儿的圆形当人的肩膀，再雕刻出两个小的圆形当乳房，最后雕刻出最大的一个圆形做肚子——一个女人形象的雕塑就这样完成了，简单得如同儿童搭的积木。

这就是马约尔雕塑之路的第一步，他找到了属于自己生活的快乐，也找到了属于自己雕塑的方向。这是 1898 年的事情。

两年之后，1900 年，马约尔以妻子为模特，用黏土雕塑成的一尊坐像《勒达》，首次参加美术展览。这尊雕像很小，只有 27 厘米高，却被当时法国一位很有名的作家兼评论家米尔博一眼相中，当场买下。米尔博很欣赏这位陌生雕塑家的这尊雕塑，拿给罗丹看。 罗丹一看，英雄所见略同，和米尔博一样，立刻喜欢上了这尊小小的雕塑，并大为称赞："它很引人注目，因为它一点儿也不卖弄炫耀。" 随即，他请米尔博带路，也买了马约尔的另一件雕塑作品《小浴女》。

名人的效应在任何时代都会起作用的，更何况是法国雕塑届的权威人物罗丹呢。 名不见经传的马约尔，一下子让人们注意到他，开始有人请他参加展览。 1902 年，他的《勒达》再次被展览；1905 年，日后成为他代表作的《地中海》参展。 不过，看过展览的一些美术界的批评家，可不都像米尔博和罗丹一样，对马约尔称赞有加，相反，都认为马约尔的雕塑丑陋不堪、臃肿不堪，而对其嗤之以鼻。

这不应该怪罪当时的这些批评家。 因为在当时的雕塑作品中，他们从来没有看见过如马约尔的风格一样的雕塑，他们看惯的是罗丹那样现实主义的雕塑作品——人物的形象和生活中一样，流畅的线条富有韵律和美感。 哪里像马约尔的雕塑，一个一个都是女人，而且，所有的女人都圆胳膊圆腿，粗壮，甚至肥胖臃肿。 马约尔不像罗丹，将雕塑的形象和意义都与人物本身相融合为具象的一体，比如《思想者》就是一个手扶着头做沉思状的男人，《巴尔扎克》就是作家巴尔扎克本人的再现。马约尔却将所有要塑造的各种形象和要表达的不同主旨，千条江河归大海，万变不离其宗，都化为了女性。 如今，已经负有盛名的《山岳》《河流》，被他雕塑成了女人；就连《塞尚纪念碑》和《德彪西纪念碑》，他也都不像罗丹雕塑巴尔扎克一样，塑造一个真的画家和音乐家的形象，而还是女人。 一般人无法理解，河流和山川怎么都成了女人了呢？ 纪念的是塞尚和德彪西，怎么也都被雕塑成女人了呢？ 据说，当时塞尚的家乡并不接受马约尔的这尊雕塑。

这是和自古希腊以来的所有雕塑，和文艺复兴时期米开朗琪罗的雕塑，都不尽相同的；和人们见惯并喜欢的罗丹的雕塑也是不尽相同的。其实，这是和人们传统的审美标准，和人们既定的对世界的认知与理解的价值标准不尽相同的。

罗丹的伟大，在于他的雕塑作品曾经开创了法国乃至欧洲的一个时代；更在于他的眼光远大，他看到了马约尔横空出世的价值和意义正在于和自己的完全不同。 马约尔雕塑的女性，没有一点儿色情的味道，却充满对眼下这个刚刚进入 20 世纪的新世纪的躁动喧哗的一种安详静穆的沉淀的力量。 马约尔以简约爽朗的线条，以女性饱满丰腴的身体，以一种孩子般看待这个世界天真的眼光和心思，让人们既能看到遥远古希腊雕塑的影子，又能嗅到新时代蓬勃朝气的气息。 与自己的雕塑是现实主义的不同，马约尔的雕塑是象征主义的。

罗丹确实是伟大的，他的感觉完全正确。 如果说罗丹属于一个已经成功的时代，那么，马约尔属于一个正在开拓未来的新时代。 前者已经是一片鲜花盛开的花园，后者还是丛丛荒草地。 但是，在这样的处女地上，马约尔以自己崭新风格与形象的雕塑进入了 20 世纪，罗丹正是他进入这个新世纪的发现者和引路人。

1909 年，罗丹 69 岁，马约尔 48 岁。 两人相差 21 岁，罗丹当然是马约尔老师级的前辈。 在这一年巴黎秋季沙龙美术展览中，罗丹和马约尔都有自己的雕塑作品参展。 自然，德高望重的罗丹的作品被陈列在巴黎大圆厅醒目的中心位置上。

当罗丹来到马约尔参展的雕塑《夜》的前面，他站了好久，他被这尊雕塑感动，甚至震惊。同马约尔以往的作品一样，《夜》也被马约尔塑造成了一位女人的形象。这位夜女，收腿抱肩，把整个头深埋在臂弯之中。你不知道她是在沉思，还是在幻想，或是在梦境之中。一种无比宁静的感觉升腾了起来，无边夜色所带来的遥远的氤氲弥漫开来。

罗丹指着这尊《夜》，对沙龙展览的工作人员说："让马约尔的这尊雕塑放在我的雕塑位置上！"

罗丹以无比谦逊的态度，让出自己在这次展览的中心位置；也以无比深邃的预见的眼光，看到了替代自己位置的马约尔未来的前景。

事后，罗丹这样盛赞马约尔："马约尔是和所有伟大的大师同样伟大的雕塑家。"

罗丹真的让我感动。并不是所有伟大的大师都能如罗丹一样。

罗丹的预见没有错。100 多年过去了，如今，在欧洲，在美国，常常可以看到马约尔的雕塑作品的复制品矗立在街头，远比罗丹的雕塑要多。马约尔的雕塑成了城市街头雕塑的开创者。不管你理解与不理解，这些雕塑都成为城市的一道景观，和南来北往的行人相看两不厌，在流年频换之中，成为恒定的地标式的象征。人们早已经广泛接纳了这些雕塑，忘记了曾经被斥之为丑陋不堪的陈年往事。

1961 年，马约尔百年诞辰的那一年，法国专门发行了一张纪念邮票，票面上印的是马约尔的《地中海》。它成了马约尔的象征，成了法国的象征，成了现代雕塑的象征。

我们的老话说“青出于蓝而胜于蓝”，就是说青和蓝已经不是一种颜色了，也就是说这个世界上多了一种新的更为夺目的颜色了。

好的学生，就是应该不让自己和老师成为一样的颜色。

好的老师，同样也不让学生成为自己的一个拷贝。

从这一点意义上讲，席勒是个好学生，克里姆特是个好老师；马约尔是个好学生，罗丹是个好老师。如今，我们特别爱说创新，但我们的艺术缺乏这样的学生和老师，我们的艺术色彩中多是千篇一律的“蓝”，而少了一味“青”。

做学生，我们要做席勒和马约尔一样的学生。

做老师，我们要做克里姆特和罗丹一样的老师。

第三辑

被雨打湿的杜甫

发小儿就是那把老红木椅子

发小儿，是地道的北京话，特别是后面的尾音“儿”，透着亲切的劲儿，只可意会。发小儿，指从小在一起的小学同学。但是，发小儿比起同学来说，更多了一层友谊的意思在内。也就是说，同学之间，可能只是同过学而已，没有那么多的交情可言；而发小儿是在摸爬滚打一起长大的年月中有着深厚友谊一说的。比起拥有一般友谊的朋友而言，发小儿又多了悠长时光的浸透，因为很多朋友没有发小儿从童年到老年一直在一起那样漫长时间的。从这一点讲，发小儿和你在一起的时间，可能会比你和父母、和妻子孩子在一起的时间还要长久。

正是因为有了时间这样的维度，童年的友谊虽然天真幼稚，却也最牢靠，如同老红木椅子，年头再老，也那么结实，耐磨耐碰，漆色总还是那么鲜亮如昨，而且，有了岁月打磨过的厚重包浆，看着亮眼，摸着光滑，使着牢靠。事过经年之后，发小儿就是那把老红木椅子。

黄德智就是我这样的一个发小儿，不能和一般的小学同学同日而语。小学同学有很多，可以称之为发小儿的，只能有一位或两位。我和黄德智从小一起长大，有60多年的友谊。小时候，他家境殷实，住处宽敞，住在前门外草厂三条一个独门独户的小四合院里。在整个一条胡同里，那是非常漂亮的一个院子，大门的门楣上有镂空带花的砖雕，大门上有一副精美的门联："林花经雨香犹在，芳草留人意自闲。"虽然看不大懂，但觉得词儿很华丽。

我家住西打磨厂，离他家不远，穿过墙缝胡同就到。为了放学之后学生写作业便于监督管理，老师把就近住的学生分配到一个学习小组，我和黄德智在一个小组，学习的地方就在他家，学习小组的组长，老师就指定他当。几乎每天放学之后，我都要上他家写作业，顺便一起疯玩。天棚鱼缸石榴树，他家样样东西都足够让我新奇。我第一次有了这样的感觉，同样都是过日子，各家的日子是不一样的。

到他们家那么多次，我从来没有见过他的爸爸，可能他爸爸一直在外面忙工作吧。每一次，出来迎接我们的都是他的妈妈。他妈妈长得娇小玲珑，面容姣好，皮肤尤其白皙，像剥了壳的鸡蛋。后来，我知道她是旗人，当年也是个格格呢。她没有工作，料理家里的一切。她说一口地道的北京话，很和蔼客气，看我们一帮小孩子在院子里疯跑，没有什么不耐烦，相反夏天的时候，还给我们酸梅汤喝。那是我第一次喝酸梅汤，是她自己熬制的，酸梅汤里放了好多桂花，上面还浮着一层碎冰碴儿，非常凉爽、好喝。

黄德智长得没有他妈妈好看，但是，和他妈妈一样皮肤白皙。和我们这些爱玩爱闹的男孩子不大一样，他好静不好动。他没有别的爱好，就是喜欢练书法，这是他从小的爱好。他家有一个老式的大书桌，大概是红木的，反正我也辨别不出材料，只觉得油漆很亮，像涂了一层油似的，即使阴天里也有反光。

那是我第一次见到书桌，因为我家只有一个饭桌，吃饭写作业都在这个饭桌上。他家的书桌上常摆放着文房四宝，还有那么多支大小不一的毛笔悬挂在笔架上，我也是第一次见到。每一次写完作业，我们这些同学回家，可以在街上疯跑，或踢球打蛋，或去小人书铺借书看，他却不能出来，被他那个长得秀气的妈妈留在屋子里，拿起毛笔写他的书法。

在学校里，黄德智不爱说话，默默的，像一只躲在树叶后面的麻雀，不显山不显水。但他的毛笔字常常得到教我们大字课的老师的表扬，这是让他最露脸的时候，我特别为他感到骄傲。我的大字写得很一般，他曾经送过一支毛笔和一本颜真卿的字帖给我，让我照着字帖写，他对我说，他很小就开始临帖了。

有一次，在少年宫举办全区中小学生书法展览，他写的一幅书法在那里展览了。我记得很清楚，是写得很大的一幅横幅，用楷书写的六个大字：风景这边独好。展览会开幕那天，我和他一起去少年宫，其实，我不懂书法，对书法也没有什么兴趣，黄德智送我的那支毛笔和那本字帖，我根本就没有动过。但是，有黄德智的书法在那里展览，我当然要去捧场。所以，我去那里，主要是看黄德智写的那六个楷书大字。

那天的展览，我们班上的同学一个也没有去，常到他家写作业的学习小组里的人，一个也没有去。我挺不高兴的，替黄德智愤愤不平。他却说："你来了，就挺好的了！"这话让我听后挺感动，我知道，这就是我和他发小儿之间的友谊。

看完展览回去的路上，天上忽然下起雨来，开始雨不大，谁想不大一会儿工夫，雨越下越大，我们两人谁也不想找个地方躲雨，一直往前跑。少年宫在芦草园，靠近草厂三条南口，便都觉得离黄德智家不远了，想赶紧跑到他家再说。但是，就这样不远的路，跑到他家的时候，我们都已经被淋得浑身湿透，像落汤鸡了。

他妈妈看见我们两人狼狈的样子，忙去找来黄德智的衣服，非让我换上不可。然后，又跑到厨房去熬红糖姜汤水，热腾腾地端上来，让我们一口不剩地喝光。

雨停了下来，我穿着黄德智的衣服走出他家的大门，黄德智送我到了胡同口，我又想起了刚才喝的那碗红糖姜汤水，问他："都说红糖水是给生孩子的妈妈喝的，你妈妈怎么给咱们喝这个呀？"他笑着说："谁告诉你红糖水只能是生孩子的妈妈喝？"我们两人都忍不住咯咯地笑起来。我从来没有看到他这样开心地笑呢。

高中毕业，我去了北大荒插队，黄德智留在北京肉联厂炸丸子，一口足有一间小屋子那么大的大锅，哪吒闹海一般翻滚着沸腾的丸子，是他每天要对付的活儿。我插队回来探亲的时候到肉联厂找他，指着这一锅丸子说："你多美呀，天天能吃炸丸子！"他说："美？天天闻这味儿，我都想吐。"

可是，他一直坚持练书法，始终没有放弃。

我从北大荒刚调回北京那年，跑到他家找他叙旧，他确实没有放弃，白天炸他的丸子，晚上练他的书法。没过几天，他抱着厚厚一摞书来到我家，说是送我的，我打开一看，是人民文学出版社 1957 年版的十卷本《鲁迅全集》。他说，路过前门旧书店看到的，想起我喜欢读书，喜欢写作，就买下了。我问他多少钱，他说 22 元。那时候，他每月的工资才40多元。我刚要说话，他马上又对我说："接着写你的东西，别放弃！"

如今，黄德智已经成为一名不错的书法家，他的作品获过不少的奖，陈列在展室里，悬挂在牌匾上，印制在画册中。前几年，黄德智乔迁新居，我去他新家为他稳居。奇怪的是在他的房间里没有看见他的一幅书法作品。我问他，他说觉得自己的字还不行。他的作品一包包卷起来都打成捆，从柜子的顶部一直挤满到了房顶。他打开他的柜子，所有的柜门里都挤满了他用过的毛笔。打开一个个盛放毛笔的盒子，一支支用秃的笔堆在一起，如同一座小山。他说起那些笔里面的沧桑故事，胜似他的作品，就如同树下的根，虽比不上枝头的花叶漂亮，却是树的生命所系，盘根错节着日子的回忆。其中一段，属于我和他的小学回忆。

一个人，经历了人生种种，会有很多回忆，但发小儿这一段回忆无与伦比。我说过，发小儿就是那把老红木椅子。一个人，如果老了之后，还能和一个或几个发小儿保持联系，是极其难得的。哪怕你老得走不动道了，有发小儿在，你就有了一把这样的结实可靠的老红木椅子，可以安心、舒心地靠靠，聊聊天，品品茶，还可以品出人生别样的滋味。

玻璃糖纸

小洁是个很小的小姑娘，也就五六岁的样子。她的爸爸妈妈都在部队上，在离北京很远的边疆，一年只能回家探亲一次。小洁一直住在我们大院里她奶奶家。那时候，我们大院的小孩子，没有被送到幼儿园的，都是老人带。小洁的奶奶忙得很，因为家里的孩子多，光给一家人做饭，就够老太太忙乎的。小洁太小，和我们这些就要上中学的大孩子玩不到一起，她只好常常一个人玩，显得很寂寞。

小洁的奶奶家和我家是邻居。她奶奶忙乎的时候，如果看到我正好在家，小洁有时会溜到我家里来，找我玩。可是，我能和她玩什么呢？我家里没有任何玩具，我只能给她讲故事。故事讲腻了，就丢给她一本小人书，或者好多年前我看过的儿童画报《小朋友》，让她自己一个人玩会儿。

有一天，小洁拿着好几张不同颜色的玻璃糖纸，找我玩。她把糖纸都塞到我的手里，对我说："你把玻璃糖纸放在你的眼睛上看太阳，能看到不同颜色的太阳！"

我用糖纸遮住一只眼睛，然后闭上另一只眼睛，对着太阳看，还真的是看到了不同颜色的太阳，黄色的玻璃糖纸中的太阳就是黄色的，绿色的玻璃糖纸中的太阳就是绿色的，蓝色的玻璃糖纸中的太阳就是蓝色的……

“好玩吧？”小洁问我。

我知道，她是想和我一起玩，才想出了这样一个办法。我对她说：“你怎么想起了这么个法子来玩的呢？”

她告诉我：“我有好多这样的糖纸呢！晚上，我睡不着，用这些糖纸对着灯光看，灯光的颜色也就不一样了！对着我奶奶看，我奶奶脸的颜色也不一样了呢！”

“是吗？你真聪明！”我夸奖她。这样的玻璃糖纸，只有包装那些高级的奶糖、太妃糖、咖啡糖、夹心糖的糖块才会用。一般人家不会买这样贵的糖。像我家，只有在过年的时候，爸爸才会买一些便宜的硬块的水果糖，这种水果糖不会用这样透明的玻璃纸包，只用一般的糖纸而已。

小洁听我夸奖了她，高兴地对我说：“我把我的糖纸拿来给你瞧瞧吧！”说着，她就跑回家。不一会儿，她抱着一个大本子又跑了回来，把本子递给我。

是一本精装的硬壳书，书名叫《祖国颂》。我记得很清楚，是1959年中国青年出版社出版的一本新书，因为那一年我上小学五年级，那一年，正好是中华人民共和国成立十周年大庆。

打开书一看，是本诗集，里面全都是一首首现代诗。扉页上，歪歪扭扭地写着她爸爸妈妈和爷爷奶奶的名字，最后一行特别写着：“这些字都是梁洁写的。”我夸奖她说，字写得真好！她高兴地笑了，让我赶紧往后翻书。我翻开一看，书里面好多页之间夹着一张或两张玻璃糖纸，都快把整本书夹满了。每张糖纸的颜色和图案都不一样，花团锦簇的，非常好看。我认真地一页一页地翻，一页一页地看，从头看到尾。

那时候，因为姐姐常来信，信封上贴着的花花绿绿的邮票很好看，我刚开始积攒邮票，所以，我只知道集邮，还没有听说集糖纸的。我禁不住接着夸小洁："你真够棒的，攒了这么多的糖纸！真好看！你怎么一下子攒这么多糖纸的呀？"

她告诉我，她爸爸妈妈每一次回家看她，都会给她买好多的奶糖。探亲假结束，爸爸妈妈回部队了，奶奶怕她吃糖吃坏了牙，只许她一天吃一颗奶糖。她一颗颗吃着奶糖，一天天数着日子，盼望着爸爸妈妈再回来看她。开始是奶奶帮助她把每天吃完奶糖扔的糖纸随手夹在她爸爸读过的这本诗集里。夹的糖纸多了，她觉得挺好看的，自己就开始积攒起糖纸来了。糖纸越来越多，把这本书都给撑得鼓胀了起来。

"每次我爸爸妈妈回来，我都让他们给我买不一样的奶糖，我的玻璃糖纸就更多更好看了！"小洁看我这么欣赏她的糖纸，非常高兴地对我说。

其实，我不光是看她攒的这些漂亮的糖纸，更是看每一页书上面的诗。那时候，我已经看了很多文学方面的书，喜欢看诗。虽然有糖纸隔着，密麻麻的诗句看不全，但每一首诗的作者是看得到的，记住的有田间、徐迟、袁鹰、艾青、郭小川、公刘、贺敬之、张志民、李学鳌……大多是我听说过的诗人，却还没有看过他们的诗。我真想看看这些诗，便对小洁说："你能把这本书借我看两天吗？"

她立刻点头说："行！"

这本《祖国颂》，在我手里，我从头到尾仔细看了一遍，还抄了好多首诗。 这是我第一次读到这么多诗人写的关于祖国的诗歌。 我把书还给小洁，谢了她。 她扬着小脸，很奇怪地问：“谢什么呀？”

她还常会拿着玻璃糖纸找我玩，不过，不再玩玻璃糖纸遮住眼睛看太阳了，而是教我怎么把一张玻璃糖纸折成一个小人、一只小鸟。 她的手指很灵巧，不一会儿的工夫就能折成一个小人、一只小鸟，是穿着裙子跳舞的小姑娘，是张开翅膀会飞的小鸟。 说是教我，其实，是在表演给我看呢。

我问她：“你可真行！ 谁教你的呀？”

她告诉我，是她奶奶。

我读初二的时候，小洁的爸爸妈妈从部队转业回到北京，把小洁接走了。 那一年，小洁要上小学一年级了。 临走的前一天晚上，小洁跑到我家找我，手里拿着那本夹满玻璃糖纸的《祖国颂》，说是送给我了！ 我很有些意外，这本书里积攒着她的糖纸，也积攒着她的童年。 我自己集邮，集了一本的邮票，可舍不得给人，她却那么大方地把这一整本糖纸送给了我，我连忙推辞。 她却很坚决：“我爸爸妈妈总给我买奶糖，我的玻璃糖纸多的是！ 再说，我知道，你喜欢这本书里的诗。”

我再也没有见到过小洁。 每一次看到这本《祖国颂》，我都会想起她。

羊羹之味

在我们大院里，明冬和我很要好。他比我小一岁，性格内向，不大爱说话，不怎么合群，院里的孩子都不爱带他玩。他像只孤雁，总是一个人坐在他家的门槛上，或者趴在他家的窗前，望着大家玩。有时候，他会到我家找我借书，他和我一样爱看书，书让我们两人彼此接近。

明冬长得很秀气，白白净净的，像个小姑娘。他姐姐明秋比他大9岁，长得也很漂亮，这一点是遗传，因为他们姐弟俩的爸爸妈妈长得都很漂亮。明冬有一个舅舅，在北京开一家点心厂，主要做羊羹卖。那里离明冬家比较远，他舅舅平常日子很少来，但每年春节之前，必定会来一趟，看望明冬全家，每次来，都是坐一辆三轮车，会带来好多礼物，大盒子小盒子的，沉甸甸地从三轮车上搬下来，其中带的最多的是羊羹。

明冬跟我说过，他舅舅的羊羹厂，北京城和平解放以前就开张了，中华人民共和国成立后越开越大。最早，他舅舅跟着明冬的妈妈也就是他的姐姐从乡下来到北京，在日本人开的一家叫作明治糖果厂里做学徒工，学会了做羊羹的手艺。日本鬼子投降之后，明治糖果厂倒闭了，他自己想开个做羊羹的小点心厂。没有本钱，是明冬的爸爸妈妈出资帮助了他，把厂子办了起来。

明冬之所以告诉我这么多，是因为每一年的春节前，他都会到我家送我好多块羊羹，让我和他一起分享他舅舅做的羊羹。我不好意思吃他送来的那么多块羊羹，他才对我说了上面的一番话，意思是说他舅舅每年送的羊羹很多，吃都吃不完，让我不要客气。

说实在的，如果不是明冬，我根本不知道北京城还有这样一种吃的东西。那时候，我家里不富裕，能吃的东西很少，小孩子吃的零食，我只吃过铁蚕豆、酸枣面、棉花糖、爆米花，过年的时候，家里买一点儿花生粘和杂拌儿，就是最好的吃食了。第一次吃羊羹，感觉味道怪怪的，其滋味和北京的小点心完全不一样，有浓浓的红小豆的味道。家里做的豆包儿馅也是煮烂的红小豆，但和羊羹的味道不一样，羊羹要更细腻，更有回味。每一块羊羹都是长方形，用精致的玻璃糖纸包裹着，有着比树皮要明亮的一种棕红色的颜色，表面光滑得很，有点儿像我吃过的金糕，但比金糕要更有韧劲，经嚼得很。后来知道了，这是一种日本的小吃，难怪和北京的点心不一样。

第一次吃明冬送我的羊羹，我还没有上学。以后，每年的春节之前，我都能吃到这种美味的羊羹，一直吃到我上四年级为止。

这一年刚开春的时候，明冬家出了事，他爸爸不知道犯了什么案子，被判了刑，送到东北兴凯湖劳改。明冬家一直靠他爸爸工作赚钱养家，他妈妈没有工作。他爸爸一走，家里的顶梁柱塌了。他妈妈一下子病倒了，去医院治，最后也没弄清是什么病，没熬到年底，死在了医院里。

那时候，明冬的姐姐明秋读高三，正在准备明年的高考。家庭的突然变故，让她不知如何是好，只好把希望寄托在唯一的亲戚——舅舅的身上，希望舅舅能帮助他们姐弟俩渡过难关。妈妈去世之后，舅舅来过一次，就再也没有露面。生活没有了经济来源，妈妈病逝还欠下一屁股债。没有办法，明秋只好退学，没有参加高考，先找到一份工作，在一家街道工厂当会计。

第二年的年底，明秋草草地结婚了，我们谁也不知道男的是什么人，全院的人都替明秋惋惜。听我们院里的大人说，结婚之前，明秋向男方提出的唯一要求，是带弟弟一起住，她要把弟弟养大成人。结婚以后，明冬和姐姐明秋搬离我们大院。临别的时候，我把从大人那里听来的话说给明冬听，问他是真的吗？明冬点点头。那时候，我们年龄太小，不懂得世事的沧桑和人生的况味。那一年，我上小学六年级，13岁；明冬五年级，12岁；他姐姐明秋，21岁。

这一年过春节的时候，我和大院里几个小伙伴商量一起去看望明冬。大家都觉得，比起我们任何一个人，明冬太可怜了。这么小，就没有了妈妈和爸爸，在姐姐家过着寄人篱下的日子。就是那些平常不愿意和明冬一起玩的孩子，对明冬也充满同情，愿意和我一起去看望明冬。

我们一起商量给明冬带点儿什么过年的礼物。大家衣袋里的钱都很少，如果等到过年家长给了压岁钱，会多一点儿，能给明冬买点儿像样的东西。可是，大家都不愿意等到过年，都想在过年之前去看望明冬。最后，大家把衣袋里可怜巴巴的一点儿钱都掏了出来，我说："就给明冬买点儿羊羹吧！他已经两年过年没有吃到羊羹了。"大家都同意，因为都知道过去每年明冬的舅舅都给他家送羊羹，而且，大家都吃过他家的羊羹。大家把钱都塞到我的手里，让我去买羊羹。

那时候，我见识很少，知道北京点心铺子很多，但真不知道哪里专门卖羊羹，正经找了好多地方呢。终于买到了羊羹的时候，想象着明冬看到我们拿着这不多羊羹的样子，心里为自己还有些感动呢。

可是，我错了。我还是太小，不懂事。当我和小伙伴一起找到明冬的姐姐家，把羊羹递在明冬的手上的时候，明冬的脸上并没有出现我想象的高兴或感动的表情，相反，他一下子就落泪了。

好久以后，我在街上遇到明冬，他不好意思地对我说："我知道你们是好意，但你们别怪我，我把你们送我的羊羹都扔了。"

少年护城河

在我童年住的大院里，我和大华曾经是死对头。原因其实很简单，大华倒霉就倒霉在他是个私生子，他一直跟着他的小姑过，他的生母在山西，偶尔会来北京看看他，但谁都没有见过他爸爸，他自己也没见过。这一点是公开的秘密，全院里的大人孩子都知道。

当时，学校里流行一首名字叫《我是一个黑孩子》的歌，其中有这样一句歌词："我是一个黑孩子，我的家在黑非洲"，我给改了词儿："我是一个黑孩子，我的家不知在何处……"这里黑孩子的"黑"不是黑人的"黑"，而是找不着主儿即"私生子"的意思。我故意唱给大华听，很快这首歌就传开了，全院的孩子见到大华，都齐声唱这句词儿。现在想想，小孩子的是非好恶就是这样简单，又是这样偏颇，真的是欺负人家大华。

大华比我高两个年级，那时他上小学五年级，长得很壮，论打架，我是打不过他的。我之所以敢这样有恃无恐地欺负他，是因为他的小姑脾气很烈，管他很严，如果知道他在外面和哪个孩子打架了，不问青红皂白，总是要让他先从家里的胆瓶里取出鸡毛掸子交给她，然后让他撅着屁股，结结实实挨一顿揍。

我和大华唯一一次动手打架，是在一天放学之后。因为那天我被老师留下训话，出校门时天已经黑了。从学校到我们大院要经过一条胡同，胡同里有一块刻着“泰山石敢当”的大石碑。由于胡同里没有路灯，所以周围漆黑一片，我经过那块石碑的时候，突然从后面蹿出一个人影来，如饿虎扑食一般，把我按倒在地上，一通拳头如雨，打得我眼青脸肿，鼻子流出了血。等我从地上爬起来，人影早没有了。但我知道除了大华，不会有别人。

我们两人之间的仇，因为一句歌词，也因为这一场架，算是打上了一个死结。从那以后，我们彼此再也不说话，即使迎面走过，也像不认识一样擦肩而过。

没有想到，第二年，也就是大华小学毕业升入中学那一年的夏天，我的母亲突然去世了。父亲回老家沧县给我找了个后妈。一下子，全院的形势发生了逆转，原来跟着我一起冲着大华唱“我是一个黑孩子，我的家不知在何处”的孩子们，开始齐刷刷地对我唱起他们新改编的歌谣：“小白菜呀，地里黄哟；有个孩子，没有娘哟……”

我发现，唯一没有对我唱这首歌的竟然是大华。这一发现让我有些吃惊，想起一年多前我带着一帮孩子，冲着他大唱“我是一个黑孩子，我的家不知在何处”，心里有些愧疚，觉得那时候太不懂事，太对不起他。

我很想和他说话，不提过去的事，只是聊聊乒乓球，说说刚刚夺得世界冠军的庄则栋就好。好几次，我们碰到一起了，我却还是开不了口。我们再次擦肩而过的时候，我看见他的眉毛往上挑了挑，嘴唇动了动，我猜得出，他也开不了这口。或许只要我们两人谁先开口，一下子就冰释前嫌了，但小时候写满自尊的脸皮就是那样薄。

一直到我上了中学，和他一所学校，参加了学校的游泳队。当时一周有两次训练，由于他比我高两个年级，老师指派他教我总也学不规范的仰泳动作，我们才第一次开口说话。这一说话，我们之间的话题就像开了闸的水，止不住地往下流，从当时的游泳健将穆祥雄谈到毛主席畅游长江。过去那点儿事，就像沙子一样被水冲得无影无踪，我们一下子成为了无话不说的好朋友。童年的心思，有时就是这样窄小如韭菜叶，有时又是这样没心没肺，把什么都抛到脑后。只是，我们都小心翼翼的，谁也不去碰过去的事，谁也不去提“私生子”或“后妈”这些令人厌烦的词眼儿。

大华上高一那年春天，他的小姑突然病故，他的生母从山西赶来，要带着他回山西。那天放学回家，他刚看见他的生母，扭头就跑，一直跑到护城河边。那时，穿过北深沟胡同就到了护城河，很近的道。他的生母，还有大院好多人都跑了过去，却只看见河边上大华的书包和一双白色力士鞋，不见他的人影。大家沿河喊他的名字，一直喊到了晚上，也再没有见到他的人影。街坊们劝大华的生母，说兴许孩子早回家了，你也回去吧。大华的生母回家了，但还是没见到大华的人影。大华的生母一下子就哭了起来，大家也都以为大华是投河自尽了。

我不信。我知道大华的水性很好，他要是真的想不开，也不会选择投水。夜里，我一个人又跑到护城河边，河水很平静，没有一点儿波纹。我在河边站了很久，突然，我憋足了一口气，双手在嘴边围成一个喇叭，冲着河水大喊了一声：“大华！”周围没有任何反应。我又喊了第二声："大华！"只有我自己的回声。我心里悄悄想，事不过三，我再喊一声"大华"，你可一定得出来呀！我第三声"大华"落了地，依然没有回应。我一下子透心凉，一屁股坐在地上，再也忍不住哇哇地哭了。

就在这时候，河水有了哗哗的响声，一个人影已经游到了河中心，笔直地向我游来。我一眼看出来，是大华！

我知道，我们的友情是从这时候才真正开始的。一直到现在，只要我们彼此谁有点儿什么事情，不用开口，就像真的有什么心理感应，有仙人指路一样，保证会在第一时间出现在对方面前。别人都会觉得过于神奇，但我们两人都相信，这不是什么神奇，是真实的存在。这个真实就是友情。罗曼·罗兰曾经讲过，人的一辈子不会有那么多所谓的朋友，但真正的朋友，一个就足够。

"刀螂腿小玉"纪事

一

我们的大院里有三棵枣树，是前清时候种的老树，在整个一条老街上都非常出名。我特别喜欢这三棵老枣树。秋天，枣树上的枣红了，在月光下像一颗颗小星星一样，眨着眼睛。风吹得树枝轻轻地摇动，枝叶扑闪之间能看见夜空跟着一闪一闪，像萤火虫似的好像能飞呢。

别的院子里也有枣树，但都没有这三棵枣树的年龄老。关键是这三棵枣树每年结出的马牙枣特别多，还特别脆、特别甜。只要吃过这三棵树上的枣，别的院子里的枣，包括街上摊子卖的枣，都不用吃了。

大院里的枣成了大院的骄傲。每年打枣的日子，都得让大院德高望重的老人来选定良辰吉日，一般都在中秋节前后的一个星期天，这天大人们都休息在家。虽说大人们都在家，但打枣都是孩子们在树下树上折腾，大人们图得是看个热闹。看着大一点儿的男孩子窜天猴一样挥动着竹竿，在树枝上蹦来蹦去；女孩子和小一点儿的男孩子们在地上大呼小叫、争先恐后地捡枣，不顾枣砰砰梆梆地砸在头上；大人们笑个满怀。最后，孩子们把地上的枣拢成一堆，用洗脸盆盛枣，分给每一家的有足足一脸盆那么多。看着孩子们鱼贯一样往各家送枣，其乐融融、欢欢喜喜的，像过节一样，大人们最开心不过。

打枣的那天，全院的孩子出动，齐刷刷地来到了枣树下面。这是一年中最让孩子们兴奋的事情了。那时，我胆子很小，从来不敢爬树，弟弟虽然比我小3岁，胆子却大得很。眼巴巴地看着他跟着几个大一点儿的男孩子，猴子似的噌噌地上了树，我心里很羡慕。

那时候，院子里有一个叫游小玉的女孩子，胆子也很大，她是全院里唯一一个敢爬上树打枣的女孩子。她和我年龄一般大，和我是小学同班同学，她常常拿我不敢爬树这事嘲笑我。她每次嘲笑，我都羞愧得无话可说。爬到树上打枣和站在树下捡枣，完全是两种不同的感觉。就像一个在水里游泳，一个在水上划船看人家游泳，能有一样的感觉吗？一个是鱼，一个是船呢。

小玉的胆子确实大，身手也灵活，爬在树上得意扬扬的劲头一点儿不像个女孩子，倒像个男孩子。别的男孩子往树尖上爬，她也跟着往树尖上爬，越往上面爬，树枝越细，被风一吹，摇晃得越厉害。一般这时候，都是大一点儿的男孩子大显身手的时候，那些胆小的女孩子站在树下面，像踩了鸡脖子一样尖叫起来。就像戏台上的角儿，一套惊险动作之后的精彩亮相，是那几个男孩子最得意的时候。

不管小玉她妈在树底下怎么叫她、骂她，她跟没听见一样，脑袋后面甩着小辫子，紧紧跟在那几个男孩子的身后，往上面爬。我仰着脖子，看她那样子，还真的有点儿佩服她。别说，她一点儿不怵头，眼睛盯着树尖尖，身子还挺灵巧。树尖上是蓝蓝的天，好像一伸手就能摸到，似乎可以抓一片两片云彩揣进兜里。树叶之间闪烁着一点点的红，就是红枣。风吹过来，又吹过去，树叶来回地摆动，那一点点的红也跟着在飘动，像眨着眼睛，故意在和她逗闷子。

我禁不住冲着她高声叫了起来："小心！"

"这上面的红枣最甜了。"小玉低下头，故意冲我大喊，那是有意在嘲笑我。

她向身边的一个男孩子要过竹竿，她要打树尖上的那颗红枣。不过，那颗红枣好像故意和她捉迷藏。她把长长的竹竿拿在手里，由于树枝被风吹得来回摆动，竹竿变得轻飘飘的，使不上劲儿，明明觉得可以打上了，那颗红枣偏偏像只小鸟，又歪着脑袋，飞到一旁去了。

那个男孩子对她说："把竹竿给我，我帮你打！"

"不用！"

她一手抓住树干，一手挥动竹竿，探出身子，非要把那颗枣打下来不可。

我和好多孩子冲着她高喊："小心！"

她终于打着了那颗红枣，"砰"的一声，枣像一只被击中的小鸟，应声落地。树下的孩子都欢叫起来，蜂拥过去抢那颗枣。

打了一下午枣，三棵树上的枣基本都打完了，树尖上还有好多颗枣，不是打不着，是院里的老人说，不能都打光了，要留一些给那些鸟儿吃。

打完枣的孩子还有一个最后的表演：爬到最靠近房顶的树干上，然后使劲一悠，像荡秋千一样，一下子悠到房顶上面，一松手，顺势跳到房顶上。尽管家长都骂他们，一再嘱咐他们，不要做这样危险的动作，但是，玩疯的这些大孩子们都把大人的话当作耳旁风，他们不觉得这是危险的动作，而将其当作是像演出杂技一样勇敢的表演。一年只有一次的表演机会，怎么能舍得放过呢?

要命的是，小玉也跟着那几个胆大妄为的男孩子，要从枣树上悠到房顶。哗哗的一阵响，枣树叶跟着一起落下好多；再哗哗的一阵响，树底下的小不点儿孩子们跟着拍起巴掌叫起好来。这让在树底下一直抬头看的我，吓得心差点儿没跳出嗓子眼儿。

打枣让我真的很难忘，更难忘的是小玉。我第一次见到这么胆大的女孩子。我再也没有见过胆子这么大的女孩子。

二

小玉是游家的独女。在我们大院里，游家是个奇怪的人家。原来紧靠着大院大门的门房是不住人的，那只是一个过道，以前是存放车马的地方。他家搬来了，才借着一面山墙隔成了一间房子。游家是老住户了，刚搬进来时，小玉还没满周岁。那时，大院的主人已经破落、缺钱，要不怎么也不会没多少租金就把门房给人家住。游家朝北开了一扇门，朝南开了一扇窗，屋子里挺暗的，但因为原来门道长，虽说是一间，开间却不算小，拉个帘子，里面住人，外面的门正好每天早晨卖油条。

游家的油条在我们那一条街上是有名的，炸得松、软、脆、香、透，这五字诀全是靠着游家大叔的看家本事。和面加白矾，是衡量本事的第一关；油锅的温度是第二关；油条炸的火候是最后一道关。大叔有一次病了起不了床，大嫂替他炸了一早晨的油条，味儿就是不一样。他第二天对来买油条的老街坊一个劲地道歉，那一天，是买一送一。游家的手艺和信誉让半条街的老街坊每天早晨都愿意到他这里买油条。游家只卖油条，不卖豆浆，因为生意好，照样赚钱。

如果不是后来小玉长大了，知道美，讲究穿戴了，光炸油条不足以维持生计，游家也不会在朝南的窗台上安了一部公用电话，再多挣点钱给小玉花。那也是我们那条街上的第一部公用电话，附近的人都上他这里打电话。

游大叔长得矮小如武大郎，而且驼背，因为姓游，人称“罗锅油条”。游大嫂胖如水桶，人称“油条胖嫂”。这绰号只是玩笑，并不带贬义，大家就这样叫开了。这样的一对生出的小玉却貌似天仙，越长越亭亭玉立。许多人不相信小玉是他们亲生的，认为小玉和我们院里的大华一样，没准也是私生子，是他们抱来的。不过，这都是大家的猜测，小玉的身世也在大家的猜测中成了一个谜。

因为小玉小时候就出落了一双长腿，所以院子里的大人给她起了一个外号：刀螂腿小玉。刀螂，如今难找了，那时，夏天在我们院子里常能见到，绿绿的，特别好看，那腿确实长，长得动人无比，不动的时候像一块绿玉雕刻成的工艺品。

小玉那时候也没有体会出自己这一副长腿的价值，她一直好好学习，想考上女一中。在学校里没少有男生追她，她都一概不理，她的心里只有一门心思，就是放学之后到东单体育场练跑，小学没毕业，她已经是三级运动员了。如果能够练到二级，她就能够在高中时被保送到女一中，那也是北京十大重点中学之一。如果能够练到一级，她就能进北京市的专业运动队，不仅再不用自己花钱买回力牌的球鞋，还可以吃住在先农坛，彻底离开家，她早闻腻了每天炸油条的味道了。

她那时想得就是这样简单，根本没有想到小学六年级这一年她遇到大华。

有一天放学，大华在学校门口等我，我见他表情怪怪的，好像有什么心事。他说：“我带你到东单体育场！”说完，拉着我就走。那里离学校不远，出东口往北走一里地就是。那时的东单体育场很空旷，许多人喜欢在那儿锻炼身体。我们坐在大杨树下看一帮男女绕着圈在跑步。他指着他们冲我喊：“你看！你看！”我不知道他让我看什么，但我很快在跑步的人中看到了“刀螂腿小玉”。这有什么奇怪的呢？到这儿就是为了看她的吗？要看在大院里天天可以看得见。

大华对我说：“你说奇怪不奇怪，我怎么就一直没注意到她呢？”

他连连对我说这家伙了不得，跑得真快！敬佩之情发自肺腑。

自从那天在东单体育场看完她的训练后，大华天天早晨买她家的油条不说，而且天天晚上跑去打公共电话。那时，打一次电话是 3 分钱，买一根油条也是 3 分钱，那时的 3 分钱是一根冰棍、一张中山公园的门票、一个田字格本、一支中华牌铅笔的钱，对于我这样一个月家里只给两毛钱零花钱的人来说，如果每天要消耗 6 分钱，用不了 4 天就花光了。大华总能够从家里磨到钱，钱对于他不成问题，对比大院里的穷孩子，他家是富裕的。但每天都打电话，给谁打？一个初二的学生有什么电话非要每天打？

有时，他只是拨121问个天气，拨117问个时间，有时拨半天拨不通，自己对着话筒瞎说一气，自说自话的样子非常可笑。我知道，他是醉翁之意不在酒，不过是借机会看看小玉。但小玉连个招呼和正脸都不给他，只埋头写作业，或是看他又在窗口出现了，而且又是对着话筒，像啃猪蹄子似的一个劲儿地没完没了，她心烦地把书本往桌子上一摔，扭头就出了门。

好心的游大叔问他怎么总打电话，他支吾着，被游大叔问得没辙了，只好说他是给他妈打的，要不就说等个电话，总也不来，打电话催催她。一听是给他妈打电话，好心的游大叔还能够再说什么呢？就说："等有电话来我叫你，省得你总跑。"

他照样乐此不疲，几乎天天狗皮膏药一样贴在人家的电话机上，几乎天天把小玉气得摔门走出屋子，空留下电话里一片杂乱的忙音。

有一天晚上，满院子传来叫喊声："滕大华，电话！"由于那时已经很晚了，院子里很静，大院里便响起了很响亮的回声。

大华一时没有反应过来，每天都是他自己在瞎打电话，并没有真正给什么人打通过。谁能够给他打电话呢？会真的是他妈妈吗？

"滕大华，电话！"

满院子还在回响着喊叫声。

大华一跑三颠地冲出屋，跑到游家。哪里有他的电话，那电话像是睡着的一只老猫，正蜷缩在游家的窗台上。

他问正在屋子里做功课的小玉："是有我的电话吗？"

小玉给他一个后背，理也不理他。

他问游大叔："是有我的电话吗？"

游大叔驼着背向他走过来说："没有呀！ 有，我会叫你的。"

他根本没有分辨出那是我的叫喊声，其实，我是在故意逗他呢，他那点儿花花肠子早让我看出来了。

三

在我们大院里，小玉也应该算是我的朋友。

我和小玉的关系一直不错，从小学三年级到六年级，我们两人都是同桌。 那时，我的学习成绩一直很好，特别是四年级有了作文课，我的作文常常被老师拿来当作范文，在全班同学面前宣讲，可能是因为这一点儿吧，我看得出来，她挺佩服我的。

但是那时候，我特别贪玩，爱打乒乓球，爱打篮球，爱踢足球。 五年级的那个冬天，我在学校里踢球不小心踢破了教室的玻璃，老师找家长，吓得我没敢回家，大半夜了还在大街上转悠，饿得够呛。 我做梦也没有想到，小玉突然出现在我的面前。 她拉着我先到前门的夜宵店里吃了一大碗馄饨、几个火烧，我狼吞虎咽的样子让她忍不住直笑，笑得我有点儿不好意思。

小玉发现了，对我说："你快吃吧，我不看你了！"便自己对着玻璃窗哈气，用细长细长的小手在玻璃上画着小猫小狗的图案，画得可滑稽了。 她哈气的样子也滑稽得很，鼓着小嘴像小鱼，逗得我一时忘了自己惹的祸，忍不住望着玻璃窗笑，小玉便也笑。 我们两个人都咯咯地笑起来，此起彼伏的，惹得四周的人都不住地看我们，看玻璃窗上的图案。

然后，小玉陪我回家，要不然那一晚上爸爸的鞋底子我肯定挨上了。可是，小玉却为此挨了她父亲游叔的一顿骂。

那天晚上的事，我一直到现在还记忆犹新，小学时的友情纯真得像婴儿的眼泪一样透明。

上中学之后，我和小玉不怎么常见面。小学时候短暂的友谊像一支烟花，只有瞬间的光亮明眼。

我考入一所男校，她考入一所女校。特别是她参加业余体校之后，放了学就去体校训练，寒暑假还要集训，我们见面的机会就更少了。在我的印象中，上小学的时候，小玉的个子虽然比一般的女生高，但真正蹿起个头儿来，是上了中学之后，仿佛女生中学的大门有着无比神奇的魔力，让她一夜恨不得高千尺地蹿个儿。上初一的时候，她已经高过我小半头了。

大概是初三有一天放学，鬼使神差般地，我乘坐 23 路回家，平时一般我是坐 8 路汽车回家的，23 路在我们学校的后面，走的路长点儿。我大概是找我的发小儿黄德智有事，坐 23 路到他家近便，反正我去坐了 23 路。23 路路过一站，离小玉的学校不远，她们学校的学生上学、放学几乎都在这站下车、上车。车停在这一站的时候，她们学校在这里候车的学生黑压压的，车门一打开，这帮疯丫头蜂拥上车，劲头儿一点不比男生差。

从后车窗我看见一个人影闪出校门，拼命朝着车站跑了过来，显然是想追上这辆车。可是，车停靠的时间就是人上人下一会儿的工夫，时间很短，况且，人离车有几十米的距离，那么远，司机从反光镜里根本看不见。 我以为那个人肯定追不上车了。 谁想到，一眨眼的工夫，那人跑得像一阵风似的，人影越跑越大，越跑越近，就在车门要关上的那一刹那，人已经扶着车门，一个健步跨进车厢。 我这才看清，原来是小玉，我第一次见识了她跑步的速度。

那天，我们两人难得一起同路回家，黄德智家我也不去了。 路上，我和她东一句西一句地闲聊，忽然说起五年级那个冬天我踢球把教室的玻璃踢碎的事情。 她睁大一双眼睛问我：“有这样的事情吗？ 你学习那么好，又那么老实听话，一个好学生能干出这样的事来吗？”

我又说起那天晚上，她带我到夜宵店，她在夜宵店的窗户玻璃上哈气的事情。 她摇摇头，更是不记得了。

被雨打湿的杜甫

高一那一年的暑假，雨下得格外勤。哪儿也去不了，我只好窝在家里，望着窗外发呆，看着大雨如注，顺着房檐倾泻如瀑；或看着小雨淅沥，在院子的地上溅起水花，像鱼嘴里吐出的细细的水泡儿。

那时候，我最盼望的就是雨赶紧停下来，我就可以出去找朋友玩。当然，这个朋友指的是小奇。

那时候，我真的不如她的胆子大。整个暑假，她常常跑到我们院子里找我。在我家窄小的桌前，我们一聊聊上半天，海阔天空，什么都聊。不知什么时候，屋子里光线变暗，父亲或母亲将灯点亮。黄昏到了，她才会离开我家。

雨下得由大变小的时候，我常常会产生一种幻想：她撑着一把雨伞，突然走进我们大院，走过那条长长的甬道，走到我家的窗前。那种幻觉就像刚刚读过的戴望舒的《雨巷》，她就是那个丁香一样的姑娘。少年的心思是多么可笑，又是多么美好！

下雨之前，她刚从我这里拿走一本长篇小说《晋阳秋》。现在，我已经完全忘记了这本书是谁写的，写的内容又是什么了。但是，我清楚地记得书名叫《晋阳秋》。《晋阳秋》是那个雨季里出现的意外信使，是那个从少年到青春季里灵光一闪的象征物。

这场一连下了好几天的雨终于停了。 蜗牛和太阳一起出来，爬上我们大院的墙头。 她却没有出现在我们大院里。 我想，可能还要等一天吧，女孩子矜持。 可是，等了两天，她还没有来。 我想，可能还要再等几天吧，《晋阳秋》这本书挺厚的，她还没有看完。 可是，又等了好几天，她还是没有来。

我有些着急了。 倒不仅仅因为《晋阳秋》是我借来的，到了该还人家的时候。 而是，为什么这么多天过去了，她还没有出现在我们大院里？ 雨，早停了。

我很想找她，几次走到她家大院的大门前，又止住了脚步。 浅薄的自尊心和虚荣心比雨还要厉害地阻止了我的脚步。 我生自己的气，也生她的气，甚至小心眼儿地觉得，我们的友谊可能到这里就结束了。

直到暑假快要结束的前一天下午，她才出现在我的家里。 那天，天又下起了雨，不大，如丝似缕，却很密，没有一点儿要停的意思。 她撑着一把伞，走到我家的门前。

我正坐在我家门前的马扎上，就着外面的光亮，往笔记本上抄诗，我没有想到会是她，这么多天对她的埋怨立刻一扫而空。

我站起来，看见她手里拿着那本《晋阳秋》，伸出手要拿过来那本书，她却没有给我。 这让我有些奇怪。 她不好意思地对我说：“真对不起，我把书弄湿了，你还能还给人家吗？ 这几天，我本想买一本新书的，可是，我找了好几家新华书店，都没有买到这本书。”

原来是这样，她一直不好意思来找我。 一个下雨天，她坐在家里走廊前看这本书，不小心把书掉在地上，正好落在院子里的雨水里。 书真的弄得挺狼狈的，书页湿了又干，都打了卷。

我拿过书，对她说："这你得受罚！"

她望着我问："怎么个罚法？"

我把手中的笔记本递给她，罚她帮我抄一首诗。

她笑了，坐在马扎上，问我抄什么诗。我回身递给她一本《杜甫诗选》，对她说就抄杜甫的，随便她选。她说了句"我可没有你的字写得好看"，就开始在笔记本上抄诗。她抄的是《登高》。抄完了之后，她忙着起身站起来，不小心把笔记本掉在门外的地上，幸亏雨不大，只打湿了"无边落木萧萧下，不尽长江滚滚来"的那句。她不好意思地对我说："你看我，在同一个地方摔倒了两次。"

其实，我罚她抄诗，并不是一时的兴起。整个暑假，我都惦记着这个事，我很希望她在我的笔记本上抄下一首诗。那时候，我们没有通过信，我想留下她的字迹，留下一份纪念。小孩子的心思就是这样"诡计多端"。

她抄的杜甫的这首诗，至今还存在我的笔记本上。

毕业歌

在20世纪50年代初期和中期，我们大院里陆陆续续搬进好多新住户。这是我们大院膨胀期的开始，不仅改变了以往会馆居住人口的成分，也改变了以往会馆的建筑格局。可以说，就是从这时候开始，尽管广亮式的大门还在，二道门、影壁、石碑和院墙还在，但包子里包的是肉还是菜，不在褶儿上，原来的老会馆渐渐地成了大杂院。

这是一种非常有意思的现象。我没有做过研究，为什么那时候我们大院一下子膨胀出这样多的人家？现在想想，大概因为当时的户籍管理没有那么严格，不像现在的北京户口那样金贵，也没有城镇户口和农村户口之分，从外地乃至农村来的人，都可以轻易地上上北京户口，只要到派出所登个记就行了。那时候，搬进我们大院的住户好多是从农村来的，都是些出身贫寒的人家。租住的房子是大院里破旧或其他废弃的房子改建的，房租仨瓜俩枣，没有多少钱。

玉石和他的爸爸妈妈住进我们大院，他们的房子可以说是大院里最差的房子了。对于我们大院的住房，有个约定俗成的看法：前三个院子的正房最好；它们两侧的配房属其次；再下面是大院两边的东西厢房；最差的则是东跨院。玉石家的房子在大院的西厢房最里面的把角的一间。为什么大家都说这间房子最差，就因为这个房子是用以前的厕所改建的。 我们大院原来有两个厕所，东西两边各占一个，随着大院的住户增多，房东想多挣房租，就只留下了东边的一个稍微大一些的厕所，把西边的这个厕所改成了住房。

刚开始，玉石家是不知道这内情的，我们却都知道。 大概是心理作用，什么时候到他家去，地上总是潮乎乎的，总觉得有股子臭味儿从地底下一阵阵地往上拱出来。 后来，玉石家知道了内情，但是，玉石觉得比他们家以前在农村住的房子好多了，关键是离学校近，这让他最开心。 他对我说过，在村里上学，每天得跑十几里的山路。

玉石搬进来那一年，他读小学六年级，来年就要读中学了。 这是他家决心从农村搬进北京城的一个主要原因。 如果在农村，玉石读中学就要到县城去，那就更远了。 玉石的学习成绩好，他爸爸说，就是砸锅卖铁，也要供玉石读北京城里的中学，然后上大学。 那时候，上大学对于我来说是一件遥远的事情，但和玉石在一起，天天听他和他爸爸这么念叨，便也成为我一件特别向往的事情。

玉石的爸爸在村里是泥瓦匠，心里对读书人高看一眼，信奉的是老辈人传下来的至理名言："书中自有黄金屋，书中自有颜如玉。"他教育玉石有两句口头禅:一句是"你爸爸我只念过 3 年的私塾，要是家里有钱供我，我也能读书读到中学、大学，不会当这泥瓦匠";一句是"吃得苦中苦，享得人上福；小时候吃窝头尖儿，长大才能当大官儿"。 这两句口头禅，前一句是现身说法，后一句是要玉石学习刻苦。 玉石听得耳朵都起茧子了，要是我早就烦了，尤其是什么"吃得窝头尖儿，长大当大官儿"，难道读书就是为了当大官吗？ 好多当大官的，并没有读过很多书。这是我当时的想法。我不知道玉石怎么想的，反正他爸这么说，他都是毕恭毕敬地听着，也许是这耳朵听进去，那耳朵又跑出来了吧。

玉石他爸有手艺，到了北京，很快就在建筑工地上找到了活儿。他们住的房子虽然是厕所改的，但一家人的日子过得其乐融融，好像只要人到了北京，一切就有了盼头。只是玉石长得像豆芽菜一样，显得瘦小枯干，虽然比我大 3 岁多，但是长得还没有我高。我记忆最深的是，有一次我们房东太太好心地对玉石的妈妈说："你家孩子这是缺钙呀！"玉石妈妈连忙摆手说："我们家玉石不缺盖，家里的被子絮的棉花挺厚的。"这件事，一直到现在，只要提起玉石，大院的老街坊还要说起。

我们大院里好多街坊，都像房东一家一样关心玉石家，不仅因为玉石一家待人和气、日子过得紧巴，还因为玉石学习确实棒，小学毕业以全校第一的成绩考入汇文中学，这更是让人们的心偏向玉石。并且，家家都拿玉石做榜样，催促自己家的孩子好好学习。我爸爸就是其中最有代表性的一个，他几乎天天对我说："你瞧瞧人家玉石是怎么学的，你得向玉石一样，也得考上汇文！"

3 年后，我也考上了汇文中学。玉石又以连续 3 年优良奖章获得者的身份被保送上了汇文的高中。这时候，全院开始以我们两人为骄傲。这是 1960 年的秋天，短暂的快乐迅速被淹没。严重的自然灾害发生了，从农村到城市，饥荒蔓延，家家都吃不饱肚子，本来就瘦弱的玉石越发显得骨瘦如柴。冬天到来的时候，玉石的爸爸从工地的脚手架上摔了下来，当场没了气。事后，从玉石妈妈的哭丧中，人们才知道，玉石的爸爸是把粮食省下来让玉石吃，自己净吃豆腐渣和野菜馅的棒子面团子，又天天在脚手架上干力气活，肚里发空，头重脚轻，一头栽了下去。

玉石是个懂事的孩子，爸爸走了，妈妈没有工作，他不想再上学了，想去工地接他爸爸的班。但工地哪敢要他？他背着书包，不是去学校，而是瞒着他妈妈，天天去别的地方找活儿。一直到我们学校里的老师找到家里来了，是他班主任丁老师，一个教物理的高个子老师，推着辆如同侯宝林相声里说的那种除了铃不响哪儿都响的破自行车，从大门口一直走到西厢房的最里面，自行车咣当咣当的响声响了一路。

玉石没在家，还在外面跑着找活儿呢。丁老师对玉石妈妈说："玉石学习成绩一直很好，是个读书的材料，这么下去，就可惜了，您要劝劝他。学校也会尽力帮助的。咱们双管齐下好吗？"

玉石妈妈没听懂"双管齐下"是什么意思，等玉石回来，只是一把鼻涕一把眼泪地对玉石说："孩子呀，你爸爸为啥拚着命从村里到北京来？又为啥拚着命干活儿？还不就是为了让你好好上学？你这说不上学就不上学了，对得起你爸爸吗？说句不好听的，你爸爸就是为了你死的呀！"最后，他妈用拳头捶着他的后背，指着挂在墙上的他爸的遗像，让他跪下向他爸发誓。他没有说话，只是扑通一声跪了下去。

玉石又开始上学了。有一天放学，在学校门口，我碰见了他。他显然是在校门口等我半天了。他要我跟着他一起去一个地方。我虽然很敬佩他的学习成绩，但毕竟比他低三个年级，平常很少和他在一起，不知道他要我跟他去干什么。

我跟着他一直走到东便门外，那时候，蟠桃宫还在，大运河也还在，顺着河沿儿，我们一直走到二闸。这是我第一次去这个地方，越走人越少，我们身边已经是一片凄清的郊外了。他带着我走到了一个废弃的工地上。这时候，天擦黑了，暮霭四起，工地上黑乎乎的，显得有些瘆人。

他悄悄对我说："你就在这里帮我看着，如果有人来了，你就跑，一边跑一边招呼我！"他这么一说，让我更有些害怕，不知道他要做什么。不一会儿，就看见他从工地上拉出好多钢丝，还有铜丝。他见没人，拽上我就跑，一直跑到收废品的摊子前，把这些东西卖掉。他分出一部分钱给我，我没要，我知道他这也是没办法的事，他妈妈现在给人家看孩子，他是想用这种办法帮母亲分担一下。

我们两人就这样一起"作案"，只要学校下午课少，我们就去那个工地，然后把在收废品那儿换来的钱交给玉石妈。玉石妈问玉石："你哪儿来的钱？"我赶紧替玉石解释："是玉石放学后捡废品换来的钱！"玉石妈说玉石："钱是大人操心的事情，你现在就给我好好学习，对得起你爸爸就行了！"玉石听着，不说话。可是，只要放学没什么事情，他拉上我还是往工地跑。

终于有一天，我们让人给抓到了。虽然是废弃的工地，但还有不少建筑材料，也有人看守。玉石拉上我就跑，那人个高腿长跑得飞快，很快就追上了我们，一把揪住我们的衣领子，像拎小鸡似的把我们抓到他看守的一间板房里，打电话通知我们学校领人。

来的老师骑着自行车，高高的身影，大老远我就看出来了，是玉石的班主任丁老师。那人余怒未消，对丁老师气势汹汹地叫嚷道：“你们学校得好好教育这俩学生，明目张胆地偷东西，太不像话了！”丁老师弓着腰，点着头，听那人数落完，把我们领走。丁老师推着他那辆破自行车，沿着河沿儿，一路没有说话，只听见自行车嘎嘎乱响，我感到我们的脚步都有些沉重。我们走过东便门，走到崇文门，在东打磨厂口，丁老师停了下来，对我们说：“快回家吧。”然后，他从衣兜里掏出了几块钱，塞在玉石的手里。玉石不要，他硬塞在玉石的兜里，转身骑上车走了。走进打磨厂，路灯亮了，我看见玉石悄悄地抹眼泪。

玉石和我再也没有去过工地。学校破例给了他助学金，一直到他高中毕业。1963 年，他考入地质学院后，和他妈妈一起从我们大院搬走。我不知道他要搬走，他也没告诉我他要搬走的消息。临搬家前的一个周末的晚上，他到我家门口叫我。我出来，他对我说，要我陪他去找一趟丁老师。我知道，对丁老师，他一直心存感激，学校给他的奖学金就是丁老师为他争取到的，帮助他渡过了高中三年的难关。他不善言辞，希望我能帮帮他。我当然很乐意帮忙。

可是，那一天，我们没找到丁老师的家。事先，玉石已经从我们学校打听到了丁老师家的地址，按照那地址，我们却怎么也没有找到。“可能是我抄错了地址。”玉石对我说。那天晚上，我们一起走在回家的路上，天上繁星万点，明朗的夜空显得格外深邃，可是，玉石的脸上却是灰蒙蒙的，一副失望的表情。我劝他：“以后到学校找丁老师。要不周一上学见到丁老师，我先对他说你已经去找过他了，转达你对他的谢意。”玉石听我这么说，没有说话，明亮的眸子里有泪花闪烁。

玉石和他妈从我们大院搬走了。从那以后，我就再也没有见过他。玉石大学毕业后的一年夏天，听我妈说，他来大院找过我一次。那时，他要去五七干校等待分配。可惜，我正和同学外出游泳，没能见到他。后来，我才知道，他来找我，是想让我陪他一起回学校看看丁老师。可惜，那时候，我们都不知道丁老师已经病故。

前不久，我接到一个从西宁打来的电话，电话里的人让我猜他是谁。我猜不出来，他告诉我他是玉石。他说他后来被分配到青海地质队，一直住在青海。他说他看过我写的柴达木的报告文学，也知道我弟弟在青海油田工作过。他说他一直生活在青海，他妈妈一直跟着他，一直到去世。他说他退休后在学习作曲，而且出过专辑的唱盘。

他笑着对我说："你觉得奇怪吧？我是学地质的，怎么改行了呢？"我说："是有点儿奇怪，你是跟谁学的作曲？"他说："我是自学的。但也不能这么说，你知道我读高中的时候，教我们数学的是阎述诗老师。"我问："你跟他学的？我知道阎述诗老师曾经为著名的《五月的鲜花》作过曲。"他笑着说："不是，但是，我想阎老师可以教数学又可以作曲，我为什么不能学地质、搞勘探又能作曲？"玉石是一个有能力的人，对于一个有能力的人来说，世界在他面前是圆融相通的。

最后，他告诉我，他学作曲，是想为丁老师作一支曲子。那个晚上，丁老师让他难忘，让他感受到世界上难得的理解和温暖。他说，这么多年，只要一想起丁老师，心里就像有音乐在涌动。

我告诉他，丁老师好多年之前就已经去世了。他说："我早知道了，所以，麻烦你把我的这番心思写篇文章好吗？我想借助你的文章让人们知道丁老师。过几天，我会把歌寄给你。”

我收到了玉石创作的歌曲，名字叫《毕业歌》。说实在的，曲子一般，但其中一句歌词让我难忘：“毕业了那么多年，你还站在我的面前；那个懵懂的少年，那个流泪的夜晚。”

第四辑

三友图

即兴小品的考试

老钟是我少年时期的偶像。那时候，老钟爱好朗诵，常常会模仿当时颇为流行的“星期天朗诵会”上的演员，朗诵一些现代诗，比如张万舒的《黄山松》、闻捷的《我思念北京》。

老钟住我们大院的后院，他的父亲是一位工程师，母亲是一位中学老师。他有一个姐姐，嫁给了一个印度尼西亚的华侨，他的姐夫有一个台式的录音机。好长一段时间，老钟对着这台录音机朗诵诗歌，不厌其烦地练习了一遍又一遍，颇吸引我们这帮孩子趴在他家窗前听他朗诵。

老钟读高三那一年，考北京电影学院表演系。初试通过了，这让他扬眉吐气了一番。复试，需要面试，我看得出他很兴奋，也很紧张。面试那天，老钟把自己打扮得油光水滑，早早地骑着他爸的那辆飞鸽牌自行车，去了北太平庄外的电影学院。

那天上课，我总是有些走神，心里老是想着老钟的面试会是一种什么样子。下午放学回家，见到他，我问他考得怎么样。他眉毛一扬，说：“没得说！”他告诉我，考场老师先要他朗诵一段自选的篇目，他朗诵了《林海雪原》中攻打奶头山的一段。这一段对于他来说轻车熟路，他得到了考场老师的好评，这从老师的面部表情就能看得出来。接着，老师把桌子上的一个墨水瓶递给他，让他以这个墨水瓶为小道具，表演一个即兴小品，这是面试的重头戏。看得出，他很得意，很满意自己的这个即兴表演。我催他赶紧说说他是怎么弄的这个小品。

“我先朗诵了一段陈然的《我的“自白”书》。朗诵完‘为人进出的门紧锁着，为狗爬出的洞敞开着。一个声音高叫着：爬出来呀，给你自由’，我的双眼紧盯着前面坐的那一排考场的老师，停顿了好半天。你知道为什么这时候我要盯着他们停顿吗？”

我说：“不知道。”

“这就是艺术了，知道中国画里的留白吗？停顿，就是留白。坐在前面的那一排老师，这时候就是那些高叫着要给我自由、让我从狗洞子里爬出来的人，那些渣滓洞里的坏蛋！我就有了一种现场感。你懂吗？现场感，是表演情境中最重要的，是斯坦尼斯拉夫斯基学说里最重要的。”

听着他这番慷慨陈词，我知道他还沉浸在白天的面试里呢。“那你不能朗诵完这首诗就齐活了吧？老师给你的那个墨水瓶呢？”我催问他，“这是考试关键的地方”。

他瞅了我一眼，颇为得意地说：“这就吃功夫喽，道具不论大小，得用得恰到好处，秤砣虽小压千斤，知道吗？我用这墨水瓶里的墨水写好我的自白书，朗诵到‘让我把这活棺材和你们一起烧掉’的同时，我把手里的墨水瓶朝那帮老师使劲儿地扔了过去。那帮老师都愣在那里了。”

尽管我非常佩服老钟面试时在考场上出色的即兴表演，但是，最终老钟没有考上电影学院。事后，我安慰他，他连连说：“是那个墨水瓶让我倒的霉。我没有处理好！毕竟墨水把人家老师的白衬衫都给染了。”

第二年，老钟不甘心，接着考电影学院。这一次，成绩还不如上次，老钟名落孙山，连复试都没挤进去。因为考电影学院，耽误了高考，老钟最终没能上得了大学。连番两次的失败让老钟很沮丧，有点儿灰头灰脸，常受他爸的数落。

第二年秋天，老钟找到了工作，在一所小学当老师，教语文课。在课堂上，朗读课文是他的长项，最受学生的欢迎。他朗诵的时候，满教室鸦雀无声，他的声音洪亮，会荡漾出教室的窗外，回响在校园里，引来好多老师驻足倾听，成为学校的一绝。

我们大院里有在那所小学上学的孩子，回来以后绘声绘色地讲这些情景的时候，我看见站在旁边的老钟父母的脸上笑容绽放。没过几天，那些孩子又带回来关于老钟的新消息。老钟组织了个课外的朗诵小组，他负责辅导学生的朗诵训练，还照当时“星期天朗诵会”的模式，每个星期的周末下午放学之后，也组织一个朗诵会，颇受学生的欢迎。过新年的时候，他组织了“迎接新年朗诵会”，邀请校长和家长参加，更是大获好评。

举办这场朗诵会之前，老钟让我帮他写一首迎接新年的朗诵诗。那时候，我刚上初三，喜欢上了写诗，要说也是受老钟的影响。老钟找到我是看得起我，我当然乐意拔刀相助。朗诵会那天，老钟也邀请我去现场。我在现场听到那么多的掌声和他们校长对老钟的表扬，我很为他高兴。炉灰渣儿也有放光的时候，更何况在我眼里老钟是金子呢?

3 年过后，我高三毕业，考中央戏剧学院表演系。初试过关，复试之前，我找老钟求教。老钟对我说，面试中即兴小品是关键，一定要认真对待，我的教训要吸取，千万别大意失荆州，再闹出我那墨水瓶的笑话！

考试那天结束回家，老远就看见老钟站在我们大院的大门口等我呢。我看得出，他比我还要紧张。那天夕阳辉映下老钟的身影常让我想起，就像是一幅画，垂挂在我的少年记忆里。

只可惜，我接到中央戏剧学院表演系的录取通知书后没过几天，“文化大革命”就爆发了。我没能进中央戏剧学院的校园，一个跟头，我去了北大荒。当我“二进宫”，再一次重返中央戏剧学院的校园时，已经是 12 年之后的事情了。

三友图

一

我和老傅是高中同班同学。我们住得很近，我住在胡同的中间，他住在胡同的东口，天天抬头不见低头见。我高中毕业那年，赶上“文化大革命”。闹腾了一阵子之后，我们两人都成了“逍遥派”，天天不上课，整天摽在一起。

我们除了天马行空地聊天，便无事可干，一整个白天显得格外长。我从语文老师那里借来了一套10本的《鲁迅全集》，在前门的一家文具店里，很便宜地买了一个处理的日记本，天天跑到他家去抄鲁迅的书，还让老傅在日记本的扉页上帮我写上“鲁迅语录”四个美术字。

老傅的美术成绩一直很优秀，他有这个天赋。那时，我是班上的宣传委员，每周负责在教室后面的黑板上出一期板报。在板报上面画报头或尾花，写美术字，都是老傅的活儿。他可以一展才华，在黑板报上龙飞凤舞。

老傅看我整天抄录鲁迅的书，他也没闲着，找来一块木板，又找来锯和凿子，在那块木板上又锯又凿，一块歪七扭八的木板被他截成了一个课本大小的长方形的小木块，平平整整，光滑得像小孩的屁股蛋。然后，他用一把我们平常削铅笔的小刀——黑色的、长长的、下窄上宽而扁，3 分钱就能买一把——开始在木板上面招呼。我凑过去，看见他在木板上已经用铅笔勾勒出了一个人的头像，一眼就看清楚了，是鲁迅。

于是，我们都跟鲁迅干上了。每天跟上课一样，我准时准点地来到老傅家，我抄我的鲁迅语录，他刻他的鲁迅头像，各自埋头苦干，马不停蹄。我的鲁迅语录还没有抄完，他的鲁迅头像已经刻完了。只见他不知从哪儿找来一小瓶黑漆和一小瓶桐油，先在鲁迅头像上用黑漆刷上一遍，等漆干了之后，再用桐油在整个木板上一连刷了好几层。等桐油也干了之后，木板变成了古铜色，围绕着中间的黑色鲁迅头像一下子神采奕奕、格外明亮，尤其是鲁迅的那一双横眉冷对的眼睛，非常有神。那是那个时代鲁迅的标准像、标准目光。

我夸他手巧，他连说这是他第一次做木刻，属于描红模子。我说："头一次就刻成这样，那你就更不得了！"他又说："看你整天抄鲁迅，我也不能闲着呀，怎么也得表示一点儿我对鲁迅他老人家的心意不是？"

望着这帧鲁迅头像，我很有些激动。这是他 20 岁也是我 20 岁时对鲁迅天真却也纯真的青春向往啊。

二

俊戌也是我高中的同班同学，我们两家住得也不远，出我住的那条老街东口，过马路就是他住的花市上头条。他不怎么爱说话，为人忠厚，在班上不显山不露水。我和他熟悉起来，是在读高三之后。那时候，他和我一样爱好文学，特别爱读古诗词，说起话来文文绉绉、古风幽幽，同学给他起了个外号叫“老夫子”。

论起古诗词，他读得比我多，有时，我向他讨教；偶尔，我们都会写上几首，模仿古人那样相互唱和，成为彼此的知音。“文化大革命”中，我去北大荒，他留在北京，在人民机器厂上班。到北大荒之后，他写诗寄给我：“难断天涯战友心，区区尺素情谊真；相思只觉天地老，日月应怜相忆人。”我读后非常感动，觉得他是重情重义之人。以后，每年我从北大荒回家探亲，我们都要聚聚，叙叙友情。

1969年冬天，我从北大荒回北京探亲。那时，我弟弟在青海油田当修井工，他知道我想买块手表，可那时候手表是紧俏商品，国产表要票券，外国表要高价。我弟弟来信对我说，他有高原和野外工作的双重补助，收入比我高好多，说赞助我多花点儿钱买块进口的表。

回到北京，我一打听，进口手表也不那么好买，来了货后要赶去排队，去晚了就买不到了。关键是不知道什么时候来货。我在北京休假只有半个月的时间，心想买表的事告吹了。

俊戌听说后找到我，自告奋勇地说这事交给他了！我有些不好意思，因为他要勤打听，还要去赶早排队，得请假。他对我说：“你就甭跟我客气了，谁让我在北京呢！”

前门大街街西紧邻中原照相馆有家亨得利钟表店。俊戌家住花市头条。他多方打听好确切的时间，为确保万无一失买上这块表，天还没亮，擦着黑，他就从家里出来，骑上自行车，赶到亨得利钟表店排队，排在了最前面，帮我买了块英格牌的手表。那天，下了整整一夜的大雪，到了早晨，雪还在纷纷扬扬地下。

那时候，他自己还没有一块手表，这让我很过意不去。他对我说："你在北大荒，四周一片荒原，有块手表看时间方便。我在北京，出门哪儿都看得到钟表，站在我家门前，就能看见北京火车站钟楼上的大钟，到点儿，它还能给我报时呢！"

52年过去了，亨得利钟表店没有了，英格老手表还在。

三

老朱也是我中学的同班同学。大家都叫他老朱，是因为他留着两撇挺浓挺黑的小胡子，显得比我们要大、要成熟。他是我们班的团支部书记，主持开支部大会，颇有学生干部的样子，很是老成持重。

高一到农村劳动，我突然腹泻不止，吓坏了老师，立刻派人送我回家。派谁呢？天已经渐渐黑了下来，出了村，四周是一片荒郊野地，听说还有狼。老朱说："我去送吧！"他赶来一辆毛驴车，扶我坐在上面，扬鞭将驴车赶出了村。那是他生平第一次赶毛驴车，十几里的乡村土路就在他的鞭下、毛驴车的轮下，颠簸着流逝而去。幸亏那头小毛驴还算听话，路显得好走了许多，只是天说黑一下子就黑了下来，四周没有一盏灯，只有星星在天上一闪一闪，一弯奶黄色的月亮如钩，没有在天文馆里见到的星空那样迷人，真觉得有些害怕，尤其怕突然会从哪儿蹿出条狼。

一路上，我的肚子疼得很，不时还要跳下车来跑到路边蹿稀，没有一点气力说话，只看老朱赶着车往前走，也不说话。我知道他和我一样也有些怕，前不着村后不着店的，我们像被罩在一个黑洞洞的大锅底下，再怎么给自己壮胆，也觉得瘆得慌。我不知道老朱独自一人赶着那辆小毛驴车是怎样回村的。可以想象，荒郊野外，夜雾弥漫，夜路蜿蜒，不是那么容易走的。

童年和少年还没来得及回味，我们就长大了。

1968 年夏天，我和老朱去北大荒，离开北京之前，约上老傅和俊戌，一起来到崇文门外的崇文食堂，想如荆轲“风萧萧兮易水寒”壮别一样，开怀痛饮一番。但我们掏遍了衣袋，只有老朱掏出两角六分，买了一瓶小香槟，倒在四支杯中，瓶底还剩下一点儿。老朱说了句文绉绉的学生腔：“谁还觉得歉然？”没人说话。老朱举起酒瓶，将瓶中剩余的酒分成四份倒在每人的杯中。我们便一起举杯，再无豪言壮语，默默地一饮而尽。从此，悲欢离合一杯酒，南北东西万里程。

我和老朱坐着同一列火车离开的北京。那一天，老傅和俊戌说好了，来为我们送行，俊戌早早就来了，哭成了泪人。火车拉响了汽笛，缓缓驶动了，才见老傅抱着个大西瓜向火车拼命跑来。我把身子探出火车窗口，使劲向他挥着手，大声招呼着他。他气喘吁吁地跑到我的车窗前，先递给我那个大西瓜，又递给我一个报纸包的纸包，连告别的话都没来得及说一句，火车就加快了速度，驶出了月台。

打开纸包一看，是他刻的那帧鲁迅头像。

每一首诗都是重构的时间

齐家三姐乔迁新居，一群老友前去为她稳居。大家都是50多年的老朋友，一晃到了人生的秋深春晚时节，友情自然如同范石湖的诗："晚来拭净南窗纸，便觉斜阳一倍红。"能有一处舒心安稳的住处养老，大家都为她高兴，当然要为她好好庆贺一番，顺便美美地撮一顿。

我在新居意外见到齐家小妹。"肖大哥，进门来！"对我第一声高叫的就是她。

齐家姐妹四人，原来住在天坛东侧路的简易楼里。她家三姐和我既是同学，又是朋友，同时我们都爱好文学，50余年来友情不断，一路迤逦而来。我先去北大荒插队，她后去通辽插队，她为我到火车站送行。一别经年，20世纪70年代初，我从北大荒回来，她也从通辽回京，我们便又接上头。我常到她家去，聊聊闲天，借本书看，也把当时写的一些歪诗拿给她看。那时，我们都20多岁，处于青春期的尾巴阶段，便踩着这个尾巴自以为青春不老、大树常青一般。我们还读诗、爱诗，并信奉诗，借诗行船，希望能够让自己滑行得远些，便惺惺相惜，在寒冷的暗夜里，相互给予一点儿萤火虫微弱亮光一般的鼓励。

那时，齐家小妹很小，大概还没有读初中，只是在读小学，我几乎没有注意到她会躲在一旁悄悄听我们的交谈。

齐家三姐我倒是常见，齐家小妹只是20多年前偶尔见过一面，已经这么多年没有见了。她的模样变化不大，算一算也是六十出头的人了。岁月如梭，真的是如此，回忆中的一切虽然都确确实实地经历过，却又显得不那么真实一样。我听她姐说过，在时代转型期，她所在的木材厂倒闭后，她下岗了，但她没有像有些下岗职工一样，无所事事，天天到公园里跳舞打牌，得过且过；或悲观丧气，天天闷在家里斗气。国家转型，她自己也转型，自学财会，学习过程虽艰苦但她咬牙坚持，很快找到了新的工作。如今她成为独当一面的能人，想退休，单位都不让，拼命挽留。

齐家小妹上前来热情地一把握住我的手，依然高嗓门儿地对大家说："这是我的男神！"

这完全是如今年轻人流行的语言，说得我很不好意思，连忙摆手说："什么男神，还门神呢！"

大家都笑了。她却不笑，指着我对齐家三姐很严肃地说："是真的，是男神！那时候，你忘了吗？他总到咱家去，拿给你看他写的诗。他走后，好多诗我都偷偷地抄了下来。虽然那时我年龄小，有些看不大懂，但有一句诗'纵使生命之舟被浪打碎，我也要把命运的大海游渡'，过去快50年了，我依然记得清清楚楚。它一直鼓励着我，遇到困难时，我也有了勇气和信心，觉得没有过不去的火焰山。我下岗那时候，就是这句诗鼓励了我，让我过去了那个坎儿！"

她如水银泻地般地一口气说了那么多，说得很真诚，我很感动。50

年前的一句诗居然有这样大的魔力？ 如今，我自己都有点儿不相信。但是，50 年前，一句诗真的对于我们就有着这样的魔力，可以温暖我们、慰藉我们、鼓励我们，就像安徒生童话说的，如一只温暖的手，让冻僵了的玫瑰花重新绽放。 如今，早已不是诗的时代，诗已经被顺口溜儿和手机短信里的段子代替了。

分开之后，回到家里，我怎么想也想不起这句诗来了。 我用手机微信询问齐家三姐，她问了她家小妹，回复我这句：

纵使生命之舟被浪打碎，

我也要把命运的大海游渡。

我端详起这句诗来，怀疑它不是我写的，如果真的是我写的，怎么连一点儿模糊的影子都不存在了呢？ 我再次用手机微信询问齐家三姐："这是我写的吗？ 我觉得不是我写的。"她再次问了她家小妹，回复我说："她说了，就是你写的，肯定是你写的！"

我像突然领回一个失散近50年的孩子，可是，它却曾经被我遗忘在风中。

想起《布罗茨基谈话录》一书中，布罗茨基说过的一句话："每一首诗都是重构的时间。"这句诗重构了 50 年的昨天，也重构了 50 年后的今天，前后两个时间是那样不同，不同得连我们都有些不认识了。 布罗茨基还说："时间用各种不同的声音和个体交谈。 时间有自己的高音，有自己的低音。"那么，哪个时间属于我自己的高音和低音呢？

我想了想，50 年前写诗的时候，正是我在北大荒风雪弥漫、前路渺茫的时候，应该是时间的低音。那么，50 年后，就应该是物极必反的高音了吗？但是，我却将这句诗忘得一干二净，连一点儿渣滓都不剩。其实，更应该是低音，难道不是吗？

所幸的是，齐家小妹让这句诗重构的时间有了专属于她自己的高音和低音，便让这句拙劣的诗有了时间流逝瞬间留下的倒影。

那一排钻天杨

40 多年前，我从北大荒插队回北京不久，搬家到陶然亭南。在此小10 年前,那里建了一排排红砖房的宿舍，住着的都是修地铁复员转业落户在北京的铁道兵，住户来自全国四面八方。我之所以从城里换房来到这里，是因为这里很清静，而且每户房前都有一个很宽敞的小院。

出地铁宿舍，有一条砂石小路通往大道，那里有一个公交车站，可以乘车坐几站到陶然亭，再坐一站，就到了虎坊桥。公交车站对面的马路旁有一排新栽不久的钻天杨，瘦弱的树后有两间同样瘦弱的小平房，这是一家小小的副食品商店，卖一些酱油、醋之类的家常日用的东西，同时，还兼管每天牛奶的发送。

买牛奶，需要事先交纳一个月的牛奶钱，然后拿到一个证，每天黄昏到副食品店凭证取奶。母亲那一阵子大病初愈，我订了牛奶让母亲喝。尽管母亲不爱喝牛奶，嫌有膻气味儿，但在我的坚持下，她还是每天像咽药一样，坚持在喝，喝得脸上红扑扑的，渐渐恢复了生气。

由于每天到那里取奶，我和店里的售货员很熟。店里一共就两位售货员，都是女的，一个岁数大些，一个很年轻。年轻的那一位刚来不久，她个子不太高，面容清秀，长得纤弱，但人很直爽，快言快语。我跟她熟了之后，她曾不好意思地告诉我：“没考上大学，家里非催我赶紧找工作，只好到这里上班。”

知道我在中学里当老师，她让我帮助她找一些高考复习资料，她想明年接着考。我鼓励她：“对，明年接着考！ 有这个心劲儿最重要！”她又听说我爱看书，平时还写点儿东西在报刊上发表，更对我另眼相看。我每次去那里取奶或买东西，她都爱和我说话。

有一天，我去取奶，她特别兴奋，又有些神秘兮兮地问我：“今天上午上班的时候，在虎坊桥转车，看见路旁的宣传栏里用毛笔抄着两首诗，上面写着您的名字，那诗真的是您写的吗？”

她说的那个宣传栏是当时《诗刊》杂志社办的。那时候，刚粉碎“四人帮”不久，《诗刊》刚复刊不久，他们会从每一期新出的《诗刊》中挑选一些诗，抄在大白纸上，贴在宣传栏里。这个宣传栏和当时《光明日报》的报栏相隔不远，成为虎坊桥的两大景观，常会吸引过往的行人驻足观看。百废待兴的新时代，一切都让人感到有种生气在萌动。那是我发表的第一组诗，也是唯一的一组。没有想到，她居然看到了，而且比我还要兴奋。

她对我说：“高中的时候，我要是遇到您当我们的语文老师就好了！”我觉得她的嘴巴挺甜，在有意地恭维我，但很受听。

那时候，买麻酱要证；买香油要票；买带鱼只有过春节才有。打香油的时候，都得用一个老式的长把儿小吊勺作为量器，盛满之后，通过漏斗倒进瓶里。手不抖或稍微抖搂一下、动作的快和慢，都会影响盛进瓶里的香油的分量。那时候，每月每家才只有二两香油，各家打香油的时候，不错眼珠儿地紧盯着，都看得格外仔细，生怕售货员故意动作慢点儿，手又那么一抖搂，自己吃了亏。每一次我去打香油，她都会满满地打上来，屏住气，手很稳，动作很麻利。每一次我去买带鱼的时候，她会把早就挑好的大一些、宽一些的带鱼，从台子底下拿出来给我。我感受到她的一番好意，那是那个时候她最大的能力了。

除了书和杂志，我无以相报。好在她爱看书，她说她以前是班上的语文课代表。我把我看过的杂志和旧书借给她看，或者索性送给她。我很喜欢爱读书的同学，常常取牛奶的时候带一些杂志和看过的书给她，便和她越来越熟。她几乎比我教的学生大不了一两岁，所以，她见到我就叫我肖老师，我知道她姓冯，管她叫小冯同学。

有一次，她看完我借给她的一本《契诃夫小说选》，还书的时候对我说："以前我们语文课本学过他的《变色龙》和《万卡》。"我问她："读完这本书，你最喜欢哪一篇？"她笑了："这我说不上来，那篇《跳来跳去的女人》，我没看懂，但我觉得特别有意思，和以前学的课文不大一样。"

我母亲管这个副食店叫小铺，这是上一辈人的老叫法。在以往老北京大一些的胡同里，都会有一个或两个副食店，方便百姓买东西。没有小铺的街巷，会像缺了点儿什么似的。小铺里的售货员和街里街坊很熟络，街坊们像我现在称呼小冯同学一样，也是对售货员直呼其名的。这是农耕时代的商业特点，小本小利，彼此依赖，信任、亲切，又亲近。我们住的地铁宿舍刚建成不久，这个副食店跟着就有了。年纪大的那位售货员指着年轻的售货员对我说："副食店刚建的时候，我就来了，那时候和她年纪差不多。这一晃，10多年过去了。"

日子真的不抗混，10 多年，在老售货员眼里，弹指一挥间；在年轻的售货员眼里，却显得那么遥远。她曾经悄悄地对我说：“您说要我也这样在这里待上 10 多年，可怎么个熬法儿？”她不喜欢待在这么个小铺里卖一辈子香油、麻酱和带鱼，她告诉我她想复读，明年重新参加高考。

那一年，中断了整整 10 年的高考刚刚恢复。因为母亲的病，我没有参加这一次高考。她参加了，却没有考上。第二年，也就是 1978 年的夏天，我和她相互鼓励着，同时到木樨园中学一起参加高考。记得考试的第一天，木樨园中学门口的人乌泱乌泱的，黑压压地拥挤成一团。我去得很早，她比我去得还早，正站在一棵大槐树下，远远地冲我挥手。槐花落了一地，清晨的阳光透过密密的树叶在她身上跳跃着。

我走了过去，看得出来，她很兴奋，也很紧张。结果，我考上了，她没考上，差的分很多，比前一年还多。这是她第二次参加高考。从此以后，她不再提高考的事了，老老实实在副食店里上班。

我读大学 4 年期间，把病刚好的母亲送到外地姐姐家，自己住学院的宿舍，很少回家，和她见面少了，几乎断了音讯。

6 年过后，我搬家离开了地铁宿舍。那时候，正是文学复兴的时期，各地兴办的文学杂志风起云涌，这样的杂志我家有很多，一期期地积累着，舍不得扔。搬家之前，我收拾东西，才发现这些旧杂志拥挤在床铺底下满满堂堂的。我便想起了这位小冯同学，她爱看书，把这些杂志送给她正好。

我捆好一摞杂志，心里想，都有 6 年没见她了，她会不会调走不在那儿了？抱着试一试的想法，我还是到副食店去找她了。她还在那里，正坐在柜台里，看见我进来，忙起身走了出来，笑吟吟地叫我肖老师，说："您可是有日子没来了！"

我这才注意，她挺着个大肚子，小山包一样，起码有七八个月了。我惊讶地问道："这么快，你都结婚了？"

她笑着说："还快呢？我25岁都过了小半年！我们同学有的都早有孩子了呢！"

日子过得还不够快吗？我大学毕业都两年多了，一天天过去的日子磨炼着人，也改造着人，就像罗大佑歌里唱的那样："流水它带走光阴的故事，改变了一个人。"

我把杂志给了她，问她："家里还有好多，本来想着你要是还想要的话，让你跟我回家去拿。看你这样子，还是我给你再送过来吧！"

她摆摆手说："谢谢您了，不用了。您不知道，自打结婚以后，天天忙得脚后跟打后脑勺，哪还顾得上看书啊！前两年，听说您出了第一本书，我还专门跑到书店里买了一本。不瞒您说，到现在我还没看完呢！"说罢，她咯咯地笑了起来。

话是这么说，她还是跟店里的那位老大姐请了假，要和我回家取杂志。我看她挺着大肚子不方便，对她说："你就别跑了，待会儿我给你送来！"她一摆手说："那哪儿行啊！那显得我的心多不诚呀！"便跟着我回家抱回好多本杂志。我只好帮她提着一摞杂志，护送她回到副食店，对她说："这么沉，你怎么拿回家？"她说："一会儿打电话，让孩子他爸来帮我扛回家。这可是我们一家三口的宝贝呢！"说完，她咯咯地又笑了起来。旁边那位老大姐售货员指着她说："见天就知道笑，跟得了什么喜帖子似的！"

那天，她知道我就要搬家，挺着大肚子，特意送我走出副食店。正是四月开春的季节，路旁边那一排钻天杨的枝头露出了鹅黄色的小叶子，迎风摇曳，格外明亮打眼。在这里住了小 9 年，我还是第一次看见路旁边这一排钻天杨在春天长出的小叶子这么清新、这么好看。

她见我看树，挺着肚子，伸出手臂比画着高矮，对我说："我刚到副食店上班的时候，它们才这么高。我一蹦就能够着叶子，现在它们都长这么高了。"

从那以后，我再没有见过小冯同学。

前些日子，我参加一个会议，到一座新建没几年的宾馆报到。新的宾馆，特别是大堂，设计和装潢都比老宾馆显得更富丽堂皇。宽阔、高高的大厅，从天而降的瀑布一般的吊灯晶光闪烁。一位身穿藏蓝色职业西式裙装的女士，大老远挥着手臂径直向我走来，一直走到我的面前，伸出手来笑吟吟地问我："您是肖老师吧？"我点点头，握了握她的手。她又问我："您还认得出我来吗？"起初，我真的没有认出她，以为她是负责会议接待的人。她接着笑着说："我就知道您认不出我来了，我是小冯呀！"看我盯着她发愣，她补充道："地铁宿舍那个副食店的小冯，您忘了吗？"

我忽然想起来了，但是真的不敢认了，她似乎比以前显得更漂亮了，个子高了许多，也显得比实际年龄要年轻许多。那一刻的犹豫之间，她已经伸开双臂，紧紧地拥抱了我。

我对她说了第一眼见到她的感受，她咯咯笑了起来，说："还年轻呢？明年就整60了，个子还能长高？您看看，我穿着多高的高跟鞋呢！"

她还是那么直爽，言谈笑语的眉眼之间恢复了以前的样子，仿佛岁月倒流，昔日重现。

她一直陪着我报了到，领取了会议文件和房间钥匙，又陪着我乘电梯上楼，找到住宿的房间。我一直都认为她是会议的接待者，正想问问她怎么想起又是什么时候从副食店跳槽的，她的手机响了。她接电话的时候，我听出来了，她不是会议的接待者，而是这家宾馆的一位副总。电话的那边在催她去开会，我忙对她说："快去忙你的吧！"

她不好意思地说："您看，我是专门等您的。我在会议的名单上看到您的名字，就一直等着这一天呢！我和您有30多年没有见了。今晚，我得请您吃饭！实话告诉你，你们会议上的自助餐不好吃。我已经定好了房间，请我们宾馆最好的厨师为您做几道拿手的好菜！您可一定等着我呀！"

晚餐确实非常丰盛又美味。晚餐中，我得知她在生完孩子没多久，就辞掉副食店的工作，在家带孩子。把孩子带到上幼儿园后，她不甘心总这么憋在家里，用她自己的话说"还不把我囚成甜面酱里的大尾巴蛆"，便和丈夫一起下海折腾，折腾得一溜儿够，赔了钱，也赚了钱，最后和几个人合伙投资承包了这个新建不几年的宾馆，她当这个宾馆的副总，忙里忙外，统管这里的一切。

听完她的讲述，我很佩服她的勇气。她说："从中学毕业去副食店工作，到今年整整40年。您看看这40年我是怎么过来的！”

我说：“你过得够好的了！这不是芝麻开花节节高吗？”

她咯咯地笑了起来：“还节节高呢！您忘了您借给我的那本契诃夫小说了吗？您说我像不像那个跳来跳去的女人？”

我也笑了。很多往事借助于书本迅速复活，立刻像点燃的烟花一样明亮起来。“跳来跳去，可不是在水磨石的花砖上像跳舞一样地跳来跳去。在生活中尤其在商海中跳来跳去，是会要跌跤的，需要有能蹦能跳的勇气和活力。一个女人，如果在她年轻的时候没有了这种勇气和活力，到后来只能当一个黄脸婆。”这是那天晚上她对我说过的话。

那天晚上分手的时候，我问她：“地铁宿舍前的那个小小的副食店现在还有吗？”她忍不住又笑了起来：“那么小、跟芝麻粒一样的副食店，现在还能有吗？早被连锁的超市取代了。”然后，她又对我说：“一看您就是好长时间没有到那边去过了。什么时候我陪您回去看看，怀怀旧？”

她告诉我，那一片地铁宿舍20多年前就都被拆平了，盖起了高楼大厦，副食店早就淹没在那一片楼群里了。不过，副食店前路旁那一排钻天杨倒是没有被砍掉，做规划的时候，那里还是一条马路，但比原来宽了许多，路边的那一排钻天杨那时候就长得老高老高了。大概是因为长得这么高，又这么齐整，没有被舍得砍掉吧，现在都长得有两三层楼高了，已经成了那一片的一个景儿了呢！

钻天杨，她居然还记得那一排钻天杨。

“爆肚冯”传人

我和小冯是同学，他比我小4岁，67届的初中毕业生。那一年，我去下乡，他去上山，在水利工程工地里当工人，从此我们两个人天各一方，再没有见过面。20世纪90年代初期，西四小吃街刚开张，像我这样北京小吃的顽固爱好者当然要去了。谁想刚在卖爆肚的地方一落座，就看见小冯向我走来，真是恍若梦里一样。青春虽都已经蹉跎，但他还如年轻人一样充满活力，走路腾腾有力。算一算，我们两人有20多年没见了，他还是校园里学生的模样，依然有在篮球场上打球的劲头。

他是北京老字号“爆肚冯”的第四代传人。在北京，爱吃这一口的，没有不知道“爆肚冯”的。北京的小吃，渊源有二：一是出自皇室，是在清朝皇宫的御膳单里查得到它们的名字的；二是来自民间，是下层百姓智慧的发明。前者如萨其马、艾窝窝等，爆肚属于后者。做法是将牛、羊的肚子分成肚片和肚仁，在锅中轻轻一涮，佐以各种调料一吃，清爽可口，开胃暖胃，简单实惠却格外好吃。小冯的老太爷从山东到北京谋生，发明了这一口，在大栅栏里的门框胡同里扯起了“爆肚冯”的旗子，在北京一下子就传扬开了。那是遥远的光绪年间的事了，传到小冯他父亲是“爆肚冯”的第三代，忽然在“文化大革命”那一年断了烟火。一直到粉碎“四人帮”后才又续上了香火，只是我不知道接扛这杆大旗的是小冯。

他告诉我他父亲照顾门框胡同的老店，他则支起了这个新摊子。那天，他的客人特别多，我跟他没来得及细聊，不过看见他的生意红火，挺替他高兴的。

我再一次见到小冯，又是10多年过后，也是真巧，要不就是我和他有缘分。那一天，我走进王府井小吃城，见中华老字号都在二楼，往楼上走时，心里还在想会不会在这里碰见小冯呢。谁想刚上楼梯，就见他迎面向我走过来，原来，他在楼上已经看见了我。他的那样子、那姿势就和前一次一模一样，依然充满活力，像在校园里一样，岁月好像定格在校园那一瞬间。

正是下午时分，客人不多，他坐在我对面，静静地看我津津有味地吃他亲手为我做的爆肚。他不善言辞，那一刻，却忽然说起我们在学校里的一些往事，他的记忆力极好，心细得让我感到温暖。很多往事扑面而来，从校园走进小吃店，一下子让我们两人都感到亲切起来。

我问他生意怎么样。他说现在竞争很激烈，这个地方离王府井稍偏了点，一到晚上夜市一开，各方争夺客人，很紧张。不过，毕竟是老字号，他这里来的回头客多，有好多海外回来的老人爱吃这一口的，都特意找“爆肚冯”。这让他很欣慰，但也不敢大意，用的料都是专门从大厂进的，他亲自精选的。如今，他家的“爆肚冯”已经在这里和门框胡同老店、SOGO、当代商城，一共开了4家，甭管怎么说，也是发展了。这里是今年春天开张的，他父亲牵的头，把“羊头李”“月盛斋马”几家老字号聚在这里，相互帮衬着干。他一直在这里盯着，每天从早上盯到晚上10多点钟，辛苦倒不怕，怕是以后“爆肚冯”的第五代没人愿意干这一行了。他说这活儿单调，又不挣什么钱，年轻人谁愿意干呀！我问他：“你的孩子呢？”他说他的孩子今年刚考上大学，上的是艺术系，学钢琴，一年光学费就9000块钱。现在，孩子想的是她的钢琴，他想的还是他的爆肚。钢琴—爆肚，这两者相差着多远的距离！

我发现他说这话时，神情很复杂，既有着欣慰，又有着苦恼。一晃，我们的孩子都到了当年我们青春时的年龄了，心里的感慨当然会有许多。我知道，对于小冯，孩子会让他想起自己的青春，小店则让他想起父辈，命中注定，他一肩挑起了这样两头。

午后温暖的阳光洒进来，填平了他眼角渐起的皱纹，辉映在他背后“爆肚冯”的牌号上。

等那一束光

老顾是我的中学同学，我们一起插队到北大荒，又一起回北京当老师，生活和人生轨迹基本相同。不同的是，他喜欢浪迹天涯，喜欢摄影。在北大荒时，他就想拥有一台照相机，背着它，就像猎人背着猎枪，像没有缰绳和笼头束缚的野马一样到处游逛。攒钱买照相机，成了那时他的梦。

如今，拥有一台照相机早不在话下，专业成套的摄影器材，以及各种户外设备，包括衣服、鞋子和帐篷等，他都应有尽有。退休之前，他又早早买下一辆四轮驱动的越野车，连越野轮胎都已经备好。万事俱备，只欠东风，只要退休令一下，他就立刻动身去西藏。这是这些年早就盘算好的计划，成了他一个新的梦。

他就是这样一个人。我说他总是活在梦中，而不是现实中，所以总事与愿违。现实是，他在单位当第一把手，因为接替他的后任难以到位，都过了退休年龄两年了，单位还不让他退。他不是恋栈的人，这让他非常难受。终于，今年春节过后，他可以退休了。这时候，我们曾在一起插队的北大荒要编一本回忆录，请他写写自己的青春回忆，他婉言拒绝，说他不愿意回头看，只想往前走，他现在要做的事不是怀旧，而是摩拳擦掌地准备夏天去西藏。等到了夏天，他开着他的越野车，一猛子去了西藏，扬蹄似风，如愿以偿。

终于来到了他梦想中的阿里，看见了古格王朝遗址。这个700年前就消失的王朝，如今只剩下了依山而建的土黄色古堡的断壁残垣立在那里，无语诉沧桑般地和他对视，仿佛辨认着彼此的前生今世的因缘。

正是黄昏，高原上的风有些料峭，古堡背后的雪山模糊不清，主要是天上的云太厚，遮挡住了落日的光芒。凭着他摄影的经验和眼光，如果能有一束光透过云层，打在古堡最上层的那一座倾圮残败的宫殿顶端，在四周一片暗色古堡的映衬下，将会是一帧绝妙的摄影作品。

他禁不住抬起头又望了望，发现那不是宫殿，而是一座寺庙，在白色、青色和铅灰色云彩的映衬下，显出几分幽深莫测，分外神秘。

他等候云层破开，有一束落日的光照射在寺庙的顶上。可惜，那一束光总是不愿意出现。像等待戈多一样，他站在那里空等了许久。天色渐渐暗下来，他只好开着车离开了，但是，开出了20多分钟后，他总觉得那一束光在身后追着他、刺着他，恋人一般不舍他。鬼使神差般地，他忍不住掉头把车又开了回来。他觉得那一束光应该会出现，他不该错过。

果然，那一束光好像故意在和他捉迷藏一样，就在他离开不久时出现了，灿烂地挥洒在整座古堡的上面。他赶到的时候，云层正在收敛，那一束光像是正在被收进潘多拉的瓶口。他大喜过望，赶紧跳下车，端起相机，对准那束光，连拍了两张。等他要拍第三张的时候，那束光肃穆而迅速地消失了，如同舞台上大幕闭合，音乐声戛然而止。

往返整整一万公里，他回到北京，让我看他拍摄的那一束光照射在古格城堡寺庙顶上的照片。第二张，那束光不多不少，正好集中打在了寺庙的尖顶上，由于四周已经沉淀一片幽暗，那束光分外灿烂，颜色不是常见的火红色、橘黄色或琥珀色，而是如同藏传佛教经幡里常见的那种金色，像是一束天光在那里明亮地燃烧，又像是一颗心脏在那里温暖地跳跃。

不知怎么，我想起了音乐家海顿，晚年时他听自己创作的清唱剧《创世纪》，听到“天上要有星光”那一段时，他蓦地从座位上站起来，指着天上情不自禁地叫道：“光就是从那里来的！”那声音长久地在剧场中回荡，震撼着在场的所有人。

在一个越发物化的世界里，在焦虑滋生和欲望膨胀搅拌得心绪焦灼的现实面前，保持青春时拥有的一份梦想和一份相对的神清思澈，如海顿和我的同学老顾一样，还能够看到那一束光，并为此愿意等候那一束光，是幸福的、令人羡慕的。